要不计代价地追求快乐，抵抗这个用愚蠢和暴力将我们包围的世界。

——《快乐的死》P040

读客三个圈经典文库

经典就读三个圈　导读解读样样全

快乐的死

[法]阿尔贝·加缪 著
(1913—1960)
金祎 译

Albert Camus

读客三个圈经典文库

经典就读三个圈　导读解读样样全

江苏凤凰文艺出版社
JIANGSU PHOENIX LITERATURE AND ART PUBLISHING

图书在版编目（CIP）数据

快乐的死 /（法）阿尔贝·加缪著；金祎译. -- 南京：江苏凤凰文艺出版社，2022.5（2023.3 重印）
（三个圈经典文库）
ISBN 978-7-5594-6438-5

Ⅰ. ①快… Ⅱ. ①阿… ②金… Ⅲ. ①中篇小说－法国－现代 Ⅳ. ① I565.45

中国版本图书馆 CIP 数据核字 (2022) 第 009847 号

快乐的死

［法］阿尔贝·加缪 著　　金 祎 译

责任编辑　王昕宁
特约编辑　车 童　李亚茹
装帧设计　汪 芳
责任印制　刘 巍
出版发行　江苏凤凰文艺出版社
　　　　　南京市中央路 165 号，邮编：210009
网　　址　http://www.jswenyi.com
印　　刷　河北中科印刷科技发展有限公司
开　　本　880 毫米 ×1230 毫米 1/32
印　　张　5.75
字　　数　89 千字
版　　次　2022 年 5 月第 1 版
印　　次　2023 年 3 月第 3 次印刷
标准书号　ISBN 978-7-5594-6438-5
定　　价　45.00 元

目录

第一部分

自然死亡

第一章

上午十点，帕特里斯·梅尔索稳步走向扎格尔斯的别墅。这个时候，女护理会出门购物，别墅里没有旁人。正值人间四月天，明媚而凛冽的春日早晨，天空纯净而透着寒意，阳光明晃晃地照着，却没有任何暖意。别墅附近，山丘上林立的松树之间，干净的光线顺着树干流泻下来。路上空无一人。这是一条微微上升的缓坡。梅尔索手里提着行李箱，走在尘世的晨光之中，他听着自己急促的脚步声，伴随着行李箱把手发出的规律的嘎吱声，在这条寒冷的道路上不断前行着。

别墅门口前，这条路通向了一个配有长凳和绿植的小广场。灰蒙蒙的芦荟之间掺杂着提前开花的红色天竺葵，还有蔚蓝的天空和涂了白色石灰的围墙，这一切都是如此鲜活又稚气，梅尔索不禁驻足了一会儿。接着，他重新出发，走上了通往别墅的下坡路。进门前，他停下，戴上手套。他推开那个残疾人习惯性不锁的门，然后顺势将门关上。他走进长廊，来到左侧第三道门前，敲门进去。扎格尔斯就在里面，他坐在一张靠近壁炉的扶手椅里，也就是两天前梅尔索坐过的位子，一双残腿上盖着一条格子毛毯。他在读书，那本书放在毯子上，而此刻，他正睁大了双眼，盯着刚刚关上门还站在门口的梅尔索，眼神里看不出丝毫的惊讶。窗帘是拉开的，地上、家具上，还有各种物件的犄角旮旯处，都铺洒着一摊摊的阳光。窗外，早晨在金色的寒冷大地上展露笑颜。一股冰冷的巨大喜悦和鸟儿发出的不安的尖锐叫声，还有那漫溢的冷酷无情的光线都为这个早晨描绘出一张无辜又真实的脸庞。梅尔索站在那里，房间里闷热的空气紧紧勒住他的喉咙，充盈着他的双耳。尽管天气已经转暖了，扎格尔斯的壁炉里烧着熊熊烈火。梅尔索感觉血液冲上了他的太阳穴，在耳垂处怦怦直跳。对方始终一言不发，只用目光追随着他的一举一动。梅尔索兀自走向壁炉另一侧的矮柜，不去看那残疾人，把行李箱放在桌上。这时，他感觉脚踝隐隐颤抖着。他停下来，点了一支烟。因为戴着手套，他点烟的姿势有点儿笨拙。身后传来一些模糊的声响。他嘴里叼着烟，转过身去。扎格尔斯一直盯着他，但是刚刚把书给合上了。梅尔索感觉炉火已经把他的膝盖烤到几近灼痛，他倒着看了看那本书的书名，是巴尔塔沙·葛拉西安的《朝臣》。他毫不犹豫地俯身打开矮柜。一把黑色的手枪熠熠生辉，宛如一只优雅的猫镇压着扎格尔斯的那个白色信封。梅尔索左手拿着信，右手拿着手枪。犹豫片刻后，他把枪夹在左臂下，打开信。里面只有一张大信纸，上面是扎格尔斯的笔迹，寥寥几行刚毅的大写字迹：

我只不过是消灭了半个人而已。希望你们不要见怪，这个小矮柜里的钱是用来补偿为我服务至今的相关人员的。至于剩余的钱，我希望能够用来改善死囚的饮食。但我心里也明白，这是一种奢求。

梅尔索脸色紧绷，把信纸叠好。这时，香烟燃起的烟刺痛了他的眼睛，些许烟灰掉落在信封上。他抖了抖信封，把它放在桌上显眼的位置，转身看向扎格尔斯。扎格尔斯此刻正看着那信封，一双短小却粗壮的手搁在书旁。梅尔索俯身，转动保险柜的钥匙，从里面取出一捆捆的东西，透过外面包着的报纸，能隐约看见里面是钞票。他一只手臂夹着手枪，另一只手将钞票整整齐齐地放进行李箱里。柜子里百张一捆的钞票有将近二十捆。梅尔索意识到自己带来的行李箱太大了。他留了一捆钱在保险柜里。他合上行李箱，把抽了一半的烟扔进了壁炉，然后右手握着枪，走向那个残疾人。

扎格尔斯望着窗外。一辆车缓缓从门前经过，发出轻微的磨合声。扎格尔斯一动不动，像是在沉静地端详着这个四月的早晨超凡脱俗的美。感觉到枪口抵着自己的右太阳穴时，他的目光还是没有挪动。梅尔索望着他，发现他眼中噙满泪水。反倒是梅尔索闭上了双眼，他后退了一步，然后开枪。梅尔索紧闭着双眼，靠墙站了一会儿，感到耳朵处的血液仍在怦怦跳着。他睁开眼，那颗脑袋倒向左肩，身休几乎没有发生歪斜。只是扎格尔斯已经不复存在，只看到一个巨大的伤口上鼓胀着的脑浆、颅骨和鲜血。梅尔索开始打战。他走到扶手椅另一边，抓住扎格尔斯的右手，让它抓住手枪，再把它举到太阳穴的高度，让它自由落下。手枪掉到扶手椅的扶手上，再落到扎格尔斯的膝盖上。在这一系列的动作中，梅尔索看了看这个残疾人的嘴巴和下巴。他的神情就像刚才望向窗外时一样严肃而悲伤。这时候，门外响起一声尖锐的喇叭声。这种不真实的呼唤声又回荡了一次。梅尔索始终俯身靠着扶手椅，一动不动。一阵车轮转动声响起，说明肉贩已经走了。梅尔索拎起行李箱，打开门，金属门栓被一束阳光照得闪闪发亮，他立刻脑袋发胀、口干舌燥地走出了房间。他走出别墅大门，大步流星地离开。四下没有什么人，只有一群孩子在小广场的一端。他离开了那儿。经过广场的时候，他突然感到一股寒意，身子在薄西装外套下瑟瑟发抖。他打了两个喷嚏，小山谷里响起回声，像是一种嘲笑，在清澈的天空中越飞越高。他的脚步有些蹒跚，便停了下来，深深吸了口气。从湛蓝的天际落下千千万万个小小的白色微笑。它们嬉戏在满是雨水的叶子上、在小巷湿漉漉的石板上，它们飞向血红色瓦片作顶的屋舍，又振翅飞向刚才孕育了它们的湖泊。那上方有一架极小的飞机，正发出温和的轰鸣声。在这饱满而欢愉的空气中，在这富庶丰饶的天空下，人唯一的任务似乎就是活着，并且活得快乐。顷刻间，梅尔索感觉内心万籁俱寂。第三个喷嚏把他晃醒了，他突然打了个寒战，像是发烧了似的。于是，在行李箱的嘎吱声和自己的脚步声中，梅尔索来不及环顾四周，飞快地逃跑了。回到家里，他把行李箱往角落一丢，倒头就睡，一直睡到第二天下午三四点。

第二章

夏天的港口充满了喧嚣和阳光。十一点半，太阳仿佛从中间开裂成了两半，沉沉的暑气压迫着码头堤岸。阿尔及尔商会的货棚前，一艘艘有着黑色船身、红色烟囱的货船正在装载一袋袋麦子。细密粉尘的芬芳与太阳炙烤出来的厚重沥青味交融在一起。在一艘散发着油漆味和茴香酒清香的小船前，有些人在喝酒，一些穿着红色紧身衣的阿拉伯杂耍艺人在发烫的地面上不断转动着身体，阳光也在他们身后的海面上跃动着。扛着一袋袋货物的码头工人完全不看他们，专心致志地走在码头和货船甲板间的两块有弹性的长木板上。到了甲板上，工人们身后顿时海阔天空，只剩一片碧海蓝天。在一片卷扬机和桅杆之间，他们终于停留了片刻，虽然脸上蒙了一层白花花的汗水和粉尘，但眼睛炯炯有神，心醉神迷地望向天空，然后就一头扎进了弥漫着热血气味的底舱里。沸腾的空气里，汽笛嘶鸣着，一声声不绝于耳。

长条木板上，工人们突然停下脚步，场面一片混乱。他们中的一人跌落到了厚木板之间，幸好木板排列紧密，把他给托住了。但他的手臂被折到了背后，被那袋很重的货物给压断了，他发出一阵痛苦的号叫声。这时候，帕特里斯·梅尔索从办公室出来了。刚到门口，一股暑气便令他窒息。他吸了一大口的柏油热气，喉咙像被刮了一般，然后走到那些码头工人面前。他们已经把伤者抬出来了，他躺在木板上，周身弥漫着粉尘，嘴唇由于痛苦而发白，手肘上方断了的手臂就这么了无生气地任人处置。一截碎骨从皮肉中穿出，可怕的伤口淌着血。鲜血沿着手臂滚滚流下，一滴一滴落在发烫的石板上，发出细微的噼啪声，一阵青烟升腾起来。梅尔索怔怔地看着这血，一动不动，这时有人抓住了他的手臂。是埃马纽埃尔，那个“跑腿的小伙子”。他向梅尔索指了指一辆朝他们开来的卡车，卡车的铁链发出阵阵爆裂声。“走吧。”帕特里斯开始狂奔。卡车从他们身边经过，他们立刻追上去，很快便被淹没在噪声和尘埃之中，两人气喘吁吁，视线模糊不清，心神狂乱，只感觉到在卷扬机和其它机器的狂乱节奏中，自己被狂奔的冲力带动着。伴随着海平线上船桅的舞动，他们一路经过的船在那儿不断晃动，船身像是麻风病人的皮肤。梅尔索对自己的体力和灵活性非常自信，他一跃跳上了卡车，然后又帮着埃马纽埃尔坐上来，两人就这样垂着双腿，在这白蒙蒙的漫天粉尘和明晃晃的暑气中，在阳光、大海、布满桅杆和黑色起重机的港口的奇妙衬托下，随着卡车飞速离去了。码头的地面崎岖不平，卡车一路颠簸着，埃马纽埃尔和梅尔索笑得上气不接下气，只觉得头晕目眩。

到了贝尔库，梅尔索和埃马纽埃尔下车了。埃马纽埃尔唱着歌，他歌声嘹亮，但五音不全。“你知道的，”埃马纽埃尔对梅尔索说，“这是自然而然从胸口涌上来的。我高兴的时候就会这样，去海里游泳的时候也会这样。”的确如此。埃马纽埃尔总是在游泳时放声高歌，嗓音因为水压变得沙哑，在海上根本听不见，但是和他粗壮的手臂动作韵律一致。他们走过里昂街。梅尔索身材高大，他昂首阔步，摆动着宽大又厚实的肩膀。他一脚踏上人行道的姿态，以及灵巧地扭动胯部避开有时候围上来的人群的模样，都让人感觉到这是一个年轻有活力的身躯，能够为它的主人带来肉体上极致的愉悦。休息的时候，他像是为了展示自己身体的柔软度，把整个人的重心都压在单侧臀部上，仿佛从运动中，他已经了解了自己身体的特性。他下意识地做着手势和埃马纽埃尔说着话，双眼在略显凸起的眉弓下闪亮亮的，微翘而灵活的嘴唇噘着，他拉了拉领子，想给脖子透透气。他们走进常去的那家餐厅，坐下，默默地吃饭。屋里照不进太阳，很凉爽。苍蝇嗡嗡飞着，还有餐盘碰撞的声音和人们谈话的声音。餐厅老板塞莱斯特朝他们走来。塞莱斯特身材高大，留着小胡子，他撩起围裙抓了抓肚皮，然后又放下围裙。“还好吗？”埃马纽埃尔跟他打招呼。“像个老头儿。”他回答说。塞莱斯特和埃马纽埃尔互相拍着肩膀，说了几句“噢！老伙计！”便寒暄起来。“你知道，其实那些老头儿，”塞莱斯特说，“他们都有点儿蠢。他们说，五十多岁的男人才是真男人，但那是因为他们自己已经五十多岁了。我以前有个朋友，他只有和儿子在一起的时候才开心。他们常常一起出去，一起吃喝玩乐，还一起去赌场。我那个朋友说：‘为什么我非得和一群老头子出去？他们成天就会唠叨说自己吃了泻药，或者肝疼。我更喜欢跟我儿子出去。有时候，他去勾搭姑娘，我就装聋作哑，自己去搭电车。再见，多谢了。我玩得很开心。’”埃马纽埃尔笑了。“当然，他不是什么大人物，但我还挺喜欢他。”然后，他又对梅尔索说，“我宁可喜欢这样的人，也不喜欢我以前的另一个朋友。他成功的时候总是指手画脚地仰着头跟我说话。现在，他什么都没了，也没有以前那么骄傲了。”

“活该！”梅尔索回答说。

“哦，不过做人也不该太苛刻了。他抓住了机遇，他做得对。九十万法郎……啊！要是我能搞到九十万法郎就好了！”

“要是有了九十万法郎，你会怎么做呢？”埃马纽埃尔问道。

“我会买一栋小木屋，在肚脐眼上涂一点儿胶水，然后再插一面旗子。这样我就能等着看风是从哪儿来的了。”

梅尔索安静地吃着饭。这时，埃马纽埃尔开始跟老板讲起自己在马尔纳打的那场著名的战役。

“我们这些佐阿夫[1]都被编进了轻步兵营……”

“你可真烦人。”梅尔索平静地说。

1 创建于1830年的法国轻步兵团，原由阿尔及利亚人组成，自1841年起全部由法国人组成。——译者注（如无特殊说明，本书注释均为译者注）

“指挥官说：‘冲呀！’然后我们就冲下去了，下面像是一道沟壑，只有一些树。他让我们冲，但是前面根本没有人。我们就这样往前一直走，一直走。突然间一堆机关枪朝我们扫射，大家纷纷倒地，叠到了一起。死伤的人太多了，沟壑里血流成河，都能划船了。有些人哀号道：‘妈呀！太可怕了。’”

梅尔索站起身来，把餐巾打了个结。老板去厨房门后用粉笔标注了他点的菜。厨房门就是他的账本。有人有争议时，他就把门整个拆下来，把账目扛出来。老板的儿子勒内在一旁的角落里吃着溏心蛋。“可怜的家伙，”埃马纽埃尔说道，“他的胸口有毛病。”他说得没错。勒内总是一声不吭又一脸严肃的模样。他不算太瘦，眼神很明亮。这时，有个客人正在跟他说：“只要愿意花时间，小心照料，结核病是可以治好的。”勒内点着头表示同意，边吃蛋边抽空回应着对方，神情凝重。梅尔索走到他身边，靠在柜台上，点了一杯咖啡。那个客人继续说：“你认识让·佩雷吗？就是那个在煤气公司工作的。他死了。他之前肺出了毛病，但是他非要出院回家，因为家里有他老婆。他老婆是个力大如牛的女人。这病把他搞成这样，你知道，他成天就骑在他老婆身上，他老婆不愿意，但是他脾气很大。就这样，每天要搞两三次，本来就生病的人就这么没了。”勒内嘴里叼着块面包，停下了咀嚼，盯着那男人。“是呀，”他说，“坏事来得快，但去得慢。”梅尔索用手指在起雾的大咖啡壶上写着自己的名字。他眨眨眼睛。从这个淡定从容的结核病人到歌声嘹亮的埃马纽埃尔，他的人生每天就这样在咖啡味和柏油味之间摇摆，与他自身的存在和他所有的兴趣脱节了，也远离了他自己陌生的真心。相同的事情，在其他情况下本该深深吸引他的，现在他却不想再谈论，因为他正忙着亲身去经历。直到他回到自己的房间，筋疲力尽，再小心翼翼地去熄灭内心燃烧着的生命之火。

“梅尔索，你比较有文化，你来说说吧。”老板说道。

“得了，改天再说吧。”梅尔索说。

“你今天早上吃了炸药吧。”

梅尔索微笑着从餐馆走出来，穿过马路，上楼回到了房间。他房间的楼下就是一家马肉铺。从阳台向外探头，就能闻到一股血腥味，还能看到招牌上写着：“致人类最高贵的胜利。”他倒在床上，抽了一支烟，然后便睡了过去。

他睡的这间房间，以前是他母亲的。他们一起在这套三室的公寓里住了很久。只剩下他一人之后，他便把两间房间租给了他朋友介绍的一个箍桶匠，那箍桶匠和他姐姐一起住。他自己保留了最好的那间房。他母亲五十六岁去世了，她曾经是个美人儿，本以为可以凭借一股风骚劲儿过上好日子，活得光彩耀人。可是到她快四十岁的时候，生了一场大病。她没法再穿漂亮衣服，也没法梳妆打扮了，只能穿病号服。她的脸因为可怕的浮肿而变形，双腿因为浮肿而不便行走，整个人失去了活力，最后变得半瞎，整天在那暗淡无光、无力整顿的房子里疯狂地摸索。最后一击突然而短暂。她以前就有糖尿病，但她没有在意，这种满不在乎的生活方式又加重了病情。他不得不辍学去工作。直到他母亲去世，他一直坚持读书和思考。十年间，他母亲忍受着这种病人的生活。这场折磨持续了太久，周围的人都已经习以为常了，甚至都忘了她病得很重，随时可能会丧命。然后有一天，她死了。街坊邻里都很同情梅尔索。大家都期待着葬礼，都为梅尔索对母亲的情深义重而感动。大家请求她的远房亲戚们不要哭泣，以免徒增梅尔索的伤心。大家请求亲戚们好好保护梅尔索，多关心关心他。梅尔索穿着自己最高级的行头，拿着帽子，注视着一切筹备工作的进展。他跟着送葬队伍，参加了宗教仪式，撒了一抔土，和大家握了手。这一次，也是唯一一次，他震惊于接送宾客的车辆居然这么少，并且表达了自己的不满，但也仅此而已。第二天，公寓的一扇窗户上便出现了一张告示："出租。"现在，他住在他母亲以前住的房间。以前，虽然他很穷，但是因为有母亲陪在身边，日子也总有一种温馨。晚上，他们会围着煤油灯一起安静地吃饭，这种简单的静默中，自有一种秘而不宣的快乐。四周的街区静谧无声。梅尔索望着母亲疲惫的嘴角，笑了一下。她也笑了。他又重新开始吃饭。灯有点儿冒烟，母亲伸长右手，身体往后仰着，用这种疲惫的姿态调了一下。"你不饿了吧？"过了一会儿，她说。"不饿了。"然后他就去抽烟或者读书。看到他抽烟的时候，母亲就说："又抽烟！"看到他读书的时候，她就说："靠灯近一点儿，眼睛要坏了。"如今，孤身一人的贫穷却是一种可怕的苦难。每当梅尔索痛苦地想起已经过世的母亲，其实他是在可怜自己。他完全可以找更舒适的公寓，但他割舍不下这里，以及它所散发出来的贫穷的气息。至少，在那里，他还能沉溺到过去的回忆里，沉溺到他曾经一直想要逃离的生活里，就是这种可耻又漫长的对抗，让他得以在痛苦悔恨的时光里重新找回自己。他保留了门上的一块黑色纸板，尽管纸板的边缘已经起毛，但上面有他母亲用蓝色铅笔写的他的名字。他还保留了那张铺着锦缎的老铜床和祖父的肖像。祖父留着小胡子，浅色的眼珠一动不动。壁炉上，一群有男有女的牧羊人摆设围着一座已经停摆的老摆钟，还有一盏他几乎从不点燃的煤油灯。一把草编椅，中间微微凹陷，一个衣柜，镜子微微泛黄，还有一个盥洗小桌，桌角缺了一块，这些残破衰败的摆设，对他而言并不存在，因为习惯早已经将一切都磨钝了。他就这样踱步在被阴影笼罩的房间里，完全不费力气。如果换了别的房间，那他又要重新习惯一遍，重新斗争一番。他想要尽可能减少自己在这个世界上所占的面积，然后一直睡到一切消耗殆尽。基于这个目的，这个房间很适合他。它一面朝着街，一面朝着总是晒满衣物的露台。阳台再过去一些，则是几个种着橘树的花园，花园狭小，围在高墙里面。有时候，夏天的夜晚，他关了房间里的灯，并打开面向阳台和阴暗果园的窗户。随着夜越来越深，浓郁的橘树气息飘上来，犹如轻薄的围巾一般围住他。整个夏夜，他的房间和他自己都沉浸在这沁人心脾又馥郁浓烈的芬芳中，仿佛在长时间的死寂之后，他终于第一次打开了自己的生命之窗。

他醒来的时候仍然满脸睡意，浑身大汗。他梳了梳头发，小跑着下了楼，跳上一辆有轨电车。两点零五分的时候，他已经到办公室了。他在一个大房间里工作，房间四面墙上有四百一十四个格子，里面堆满了文件。房间既不脏，也不阴暗，但终日让人感觉是个骨灰存放处，死去的时光在里面腐烂。梅尔索核对提货单，翻译英国船只的补给品清单，三点到四点接待那些想要寄送包裹的客人。当初去应聘时，其实他并不喜欢这个工作。但刚开始，他觉得这可以是一扇通往人生的门。那儿有很多鲜活的脸，有熟人，有一条通道和一阵气息，让他终于感觉到自己的心跳。他借此避开了三个女打字员和办公室主任朗格鲁瓦先生的脸。其中一位女打字员长得挺漂亮，最近刚刚结婚。另一个和她妈妈一起住，还有一个是位老姑娘，精力旺盛又举止端庄。梅尔索喜欢她华丽的辞藻，还有她对朗格鲁瓦先生说“她的不幸”时的内敛态度。他曾和这位赫比雍小姐几度交锋，但都被她占了上风。她瞧不上朗格鲁瓦先生，因为他总是一身汗，裤子都贴在了屁股上，还因为他总是在领导面前表现得慌慌张张，有时在电话里听到某些律师的名字或者身份高贵的人的名字，也会这样。这个可怜虫总是试图讨好那位老姑娘，想要感化她，但总是徒劳。这天晚上，他在办公室里晃悠。“赫比雍小姐，您也觉得我很不错吧？”梅尔索一面翻译着英语，“蔬菜、蔬菜”，一面望着头上的灯泡和绿色纸板折成的灯罩。他的前面是一份色彩鲜艳的日历，日历上的图是纽芬兰渔民[1]的朝圣节。

纸扦条、吸墨纸、墨水和标尺在他桌上一字排开。从他的窗户可以看到黄色或者白色货车从挪威运来的木材。他竖起耳朵来听。墙壁外面，生命在大海和港口上方静默又深沉地呼吸着，离他那么遥远却又仿佛近在咫尺……六点的钟声响起，他自由了。这天是星期六。

一回到家，他就躺到床上，一直睡到晚餐时间。他煎了几个蛋，直接吃了（没有搭配面包，因为他忘记买了），然后就又躺下睡着了，一觉睡到第二天早上。快到午餐的时候，他醒来，梳洗一番便下楼吃饭。回来后，他填了两个字谜游戏，小心翼翼地剪下一张库尔什食盐的广告画，把它贴在一本已经贴满了“下楼梯的滑稽演员老爷爷”的本子上。做完这件事，他便洗了手去到阳台上。下午天气很好。但是路面很油，行人稀少，一个个都行色匆匆。他仔细凝视着每个路人，直到一个消失在视线之外，再重新找另一个观察。起先是外出散步的一家人，两个小男孩穿着水手装，短裤盖到膝盖下，僵硬的衣服让他们行为拘谨，还有个小女孩打着粉色大蝴蝶结，穿着黑色亮皮鞋。他们的妈妈跟在他们身后，穿着褐色丝质长裙，胖得像个裹着长围巾的巨兽。那个爸爸手上拿着根拐杖，看起来颇为优雅。稍后经过的是住在附近

1　十六至二十世纪每年从欧洲沿岸远赴加拿大海岸捕猎鳕鱼的渔民。主要是法国人，也有西班牙人、葡萄牙人和英国人。

的年轻人，头上抹着发油，红色领带配上非常合身、有着镶边小口袋的西装，脚上穿着方头皮鞋。他们要去市中心的电影院，正笑着赶电车。他们之后，街上便没什么人了。各处的演出陆续开始了，现在这一带只剩看店的店主和野猫了。街道两边到榕树上方的天空尽管晴朗，却毫无光泽。梅尔索对面的烟商，拉了把椅子到自家商铺门口，跨坐到椅子上，双手抵着椅背。刚才人满为患的电车现在几乎空空荡荡。皮埃罗小咖啡馆里，服务生在空荡荡的店里打扫卫生。梅尔索也把椅子背过来，连抽了两支烟。他回到房间，掰了一块巧克力，回到窗边吃。不久天色变暗，随即又云开雾散。但是街道上空飘过的云为街道留下一层阴郁，像是要下雨的先兆。五点时，电车在喧嚣中抵达，从郊区的体育馆载回一群又一群足球观众，他们站在踏板上或倚着栏杆。之后电车则是载回球员，从他们提着的小箱子便能辨认。他们大声地又喊又唱，说他们的队伍一定常胜不败。好多人向梅尔索打招呼。其中一人高喊："我们打赢了他们！"梅尔索只是摇了摇头说："是啊！"车辆越来越多。有些车在挡泥板和保险杆上插满了花。接着，这一天又过了一些时间。屋顶上方的天空镀上了一层红霞。夜晚降临的时候，街道又热闹起来。散步的人回来了。累了的孩子有的哭闹，有的就任由大人拖着走。这时，附近电影院散场的观众如潮水般涌到街上。梅尔索看到年轻人出来时手势果决又卖弄，就好像在说他们看了一部冒险片。从市区电影院回来的人则较晚才到，他们的神情更为严肃。在笑声和嬉闹之间，他们的眼神和姿态中仿佛又浮现出对在电影里看到的光鲜亮丽生活的怀念。他们在街上来回溜达。梅尔索对面的人行道上最后形成了两股人潮。这个街区的姑娘们没戴帽子，手挽着手，构成了其中的一股。另一股人潮是年轻男子，他们说着一些玩笑话，听得姑娘们笑着别过头去。人们一脸严肃地走进咖啡馆，或者成群结队站在人行道上，人潮如流水绕过小岛一般绕过他们。街道现在已经灯火通明，电灯使夜空初现的星星都失了色。梅尔索下方的人行道上站满了人，灯光把油腻的路面照得发亮，远方的电车不断地把光线投射在秀发上、湿润的嘴唇上、一抹微笑上或者一条银手链上。不久之后，电车少了很多，树木和路灯上方的天空已经黑了，街区的人慢慢地少了，第一只猫慢悠悠地走过空无一人的街道。梅尔索想着晚饭的事情。由于靠在椅背上太久，他觉得脖子有点儿酸。他下楼买了面包和面条，回家煮了吃，然后回到窗边。有些人出门散步。天气转凉了，他打了个哆嗦，关上窗户，回到壁炉上方的镜子前。除了某些夜晚玛尔特来家里找他，或者他和她出去，或者和突尼斯那些女朋友往来，在这盏肮脏的煤油灯和几块面包摆在一起的房间里，他的一生都呈现在这面泛黄的镜子之中。

“又熬完了一个星期天。”梅尔索说。

第三章

晚上梅尔索在街上散步，看到光影匀称地洒在玛尔特脸上时，他觉得很得意，一切都显得轻而易举，就像他与生俱来的力量和勇气。她每天细腻地给他倾倒她的美，他很感谢她愿意在他身边公开地展露自己的美。如果玛尔特平平无奇，他必然会痛苦，就像如今，如果看到她陶醉在其他男人的欲望中，他也会痛苦。他很高兴今晚能和她一起走进电影院，当时影片就快开始了，影院内就快坐满了。她走在他前面，笑靥如花，美得摄人心魄，他沉浸在众人艳羡的目光中。他手里拿着帽子，感到一种超然的自在，好像觉得自己很优雅。他做出一种疏远又严肃的神情。他显得过分礼貌，自己后退让女领座员先过，在玛尔特坐下之前先帮她把座椅放下。他做这些不是为了展现什么，而是因为心中的感激让他心潮澎湃，对所有人都充满了爱。他给了女领座员过多的小费，因为他不知道该如何为自己的喜悦买单，他通过这个日常的举动崇拜着一位女神，她的灿烂笑容映照在他的眼中，闪闪发亮。中场休息的时候，在墙上挂着镜子的休息室里走动的时候，镜子中映照出他快乐的脸。他穿着深色衣服的高大身影和穿着浅色衣服的玛尔特脸上的笑容，汇聚成一幅优雅而有活力的画面。当然，他喜欢自己眼前的这张脸，香烟周围的嘴巴微微颤动，稍显凹陷的双眼里有种敏感的狂热。那又如何？一个男人的脸代表着他内在的真相。从他的脸上就能读出他能做什么。为了这张脸，就算要付出女人脸上那无用的华丽又有什么关系。梅尔索深知这一点，他庆幸自己如此虚荣，对着自己隐秘的邪恶微笑着。

重新回到放映厅的时候，他想如果他是自己来的，一定不会在中场休息的时候离开，宁可抽抽烟或者听听这时候播放的轻音乐唱片。但今晚演出继续。只要是能延长演出或是让演出重新开始的机会都是好的。准备坐下来的时候，玛尔特向坐在后面几排的一个男人打招呼。轮到梅尔索打招呼时，他察觉到男子的嘴角似乎有一抹浅浅的微笑。他坐了下来，并没有意会到玛尔特和他说话时把手搭在他肩上，如果是一分钟前，他一定会把这看作是她倾心于他的新证据并且为之欢喜。

“他是谁？”他这么说着，心里已经知道她会自然地问：“谁？”

果然如此。

“你知道的。那个男人……”

玛尔特说了一声：“啊……”便不再说话。

“怎么说呢？”

“你一定要知道吗？”

“也不是。”梅尔索说道。

他悄悄回头看。那个男人望着玛尔特的脖颈，脸上的表情丝毫未变。他长得很帅，嘴唇很红，但眼睛里看不出情绪，有点儿神经质。梅尔索感觉到一波波热血直冲太阳穴。他的目光变得阴暗，眼前这个完美场景几个小时以来拥有的鲜亮色彩，忽然间变得黯然失色。他已经不需要听她说什么。他很确定，那个男人一定和玛尔特上过床。一股不安在梅尔索心中逐渐加剧。他无法不去想那个男人心里可能在想的事情。他对此心知肚明，因为他自己也曾经想过：“你再装腔作势嘛……”一想到这个男人可能此刻正回想着玛尔特的某些准确的姿势，想着她欢愉时把手臂放到额头的模样，一想到那个男的也曾试图拨开这手臂，想要读懂她眼底一阵阵掀起的狂乱而晦暗的诸神，梅尔索就感到内心的一切崩塌了。电影院响铃提醒演出即将开始，他闭着的眼睛里酝酿着愤怒的泪水。他忘记了玛尔特原本只是他快乐的借口，现在却成了他活生生的愤怒。梅尔索久久地紧闭着双眼，后来才对着银幕睁开。银幕上一辆汽车翻覆，一片寂静之中，只有一个轮胎继续在慢慢转动，把梅尔索恶劣心情中产生的羞耻和屈辱感都拖进了这固执的转动之中。但他因为内心需要一种肯定，一时也顾不上自尊了：“玛尔特，他是你的情人吗？”

“是的，”她说，“但是我现在只想看电影。”

就是这一天，梅尔索开始觉得自己爱上了玛尔特。他认识她几个月了，他被她的美和优雅深深地吸引。她的脸有点儿宽，但很工整，眼睛闪着金光，嘴上精致地涂着口红，使她看上去像是个脸上抹了彩绘的女神。眼神中闪烁着一丝与生俱来的傻气，更加凸显了她那疏离冷淡的气质。到目前为止，每当梅尔索和女人产生了最初的一点儿情愫，他就清醒地意识到爱情和欲望总是以相同的方式被表达。于是，他总是在将对方拥入怀里之前先想象分手。但玛尔特出现的时候，梅尔索正从一切之中解脱出来，甚至超脱了自我。对失去自由和独立的恐慌是那些怀有希望的人才会有的。对梅尔索来说，一切都不重要了。当玛尔特第一次倒在他的怀里，因为两人是如此靠近，她的五官线条变得模糊，他从中看到了原本如画中静默花朵般的嘴唇瞬间活了过来，他并没有从这个女人身上看到未来，而是他所有的欲望汇聚起来灌注到了她身上，他整个人被这种表象所注满。她凑过来的唇就像一个讯息，来自一个毫无激情又充满欲望的世界，他的心在其中必能获得满足。这对他来说就像是个奇迹。他的内心无比激动，差点把这当作爱情。当他的牙齿感觉到她那饱满又有弹性的肉体时，他用自己的嘴唇摩擦了很久，然后又用一种狂野的自由激烈地啃咬起来。这天，她成了他的情妇。过了一段时间，他们做爱的默契已经趋于完美。可是认识她更多之后，他逐渐感受不到曾经在她身上读到的奇特性，当他把嘴唇凑过去的时候，他有时候还在试图让这种奇特性重生。玛尔特已经习惯了梅尔索的谨慎和冷淡，所以她一直没搞明白为什么有一天在一辆挤满人的电车上，他竟然想要吻她的嘴。虽然很惊讶，但她还是把嘴唇凑了过去。他按自己喜欢的那样吻了她，先是用自己的嘴唇抚摩着它们，再慢慢啃咬它们。“你怎么了？”她问他。他露出了她喜欢的那种笑容，一个简短的、作为回应的笑容：“我想做坏事。”——接着便是沉默。她不太明白梅尔索的用词。在那个做爱之后身体自由放松而心醉神迷的时刻，梅尔索会带着一种只有面对温驯的狗才会有的柔情，微笑着对她说：“你好，表象。”

玛尔特是打字员。她并不爱梅尔索，但她依恋他，对他好奇，而且他也能满足她的虚荣。那天梅尔索向她介绍了埃马纽埃尔，而埃马纽埃尔这样形容梅尔索：“您知道，梅尔索是个好人。他肚子里有东西闷着不说。所以大家都误会他。”从此，她便以一种好奇的目光看待他。他能让她在缠绵时快乐，她便也别无他求，只是尽量享受这个从不要求她什么、随她自由来去的静默情人。面对这个看起来完美无缺的情人，她只是有点儿不知所措。

然而这天晚上从电影院出来时，她发现仍然有东西可以触碰梅尔索的心弦。她在他家过夜，整晚没说话。他整夜没有碰她。但是从这时候开始，她利用了自己的优势。她已经告诉他，自己曾经有过情人。她知道如何找到必要的证据。

第二天，她一反常态，一下班就去了他家。她发现梅尔索正在睡觉，于是坐在铜床的床尾，没吵醒他。他穿着衬衫，袖子卷起，露出健壮的古铜色手臂和衬衫里的白色内衣。他的胸部和腹部同步匀称地呼吸着。眉间的皱纹赋予他一种她熟悉的坚强又固执的表情。他的鬈发落在褐色的额头上，一条鼓起的血脉横跨额头。他就这么躺着，双手摆在身边，一条腿半弯曲着，犹如一个孤独而固执的天神，于沉睡中被抛到一个陌生的世界。望着他饱满又充满睡意的嘴唇，她渴望他。这时，他微微睁开眼睛，然后又闭上，平静地说："我不喜欢人家看着我睡觉。"

她搂住他的脖子亲吻他。他依然无动于衷。

"哦，亲爱的，又是你的一个怪念头。"

"别叫我亲爱的，行吗？我已经跟你说过了。"

她躺到他身边，望着他的侧影。

"我在想，你看起来像谁。"

他提起裤子，背对着她。平日里，玛尔特总能从电影演员、陌生人或者戏剧演员身上认出梅尔索也常会做的姿态和说的口头禅。从这一点，他便知道自己对她有多少影响，但是这个曾经让他很受用的习惯今天却令他厌烦。她贴着他的背，肚子和乳房感觉到他睡觉时所产生的热气。夜幕很快降临了，房间陷入了阴暗之中。从公寓中传来孩子的哭声、猫叫声和关门的声音。路灯照亮了阳台。电车零零散散地经过之后，街道上飘着茴香酒和烤肉的气味，一股股地涌入房间里。

玛尔特有点儿困了。

"你好像生气了，"她说，"昨天已经生气了……我就是为这个来的。你不想说些什么吗？"她边说边摇了摇他。梅尔索还是一动不动，在一片漆黑的房间里，他凝视着盥洗室桌子下一只鞋子发着光的曲线。

"你知道，"玛尔特说，"昨天那个男人，好吧，我说得夸张了。他没有做过我的情人。"

"没有？"梅尔索说。

"总之，不算是。"

梅尔索不再说话。那些举止和笑容依然历历在目……他咬紧了牙关。然后他站起身来，打开窗户，又坐回到床上。她蜷着身子依偎在他身边，双手从他衬衫的两颗纽扣之间穿过，抚摩着他的胸膛。

"你有过多少情人？"他终于开口问道。

"你好烦。"

梅尔索闭嘴了。

"十几个吧。"她说。

梅尔索一困就想抽烟。

"我认识他们吗？"他边说边掏出了烟盒。

他眼中玛尔特的脸变成了一个白点。"就像做爱时一样。"他想。

"认识几个吧。这个街区的。"

她用脑袋不停地蹭梅尔索的肩膀，用小女孩般的声音对他撒娇，平常梅尔索很吃这一套。

"听着，孩子，"他说着点燃了香烟，"你一定要理解我。你一定要告诉我他们的名字。至于那些我不认识的人，你得答应我，如果我们遇见了，你要指给我看。"

玛尔特突然退后一步，拒绝道：“才不要！”

房间窗户的下方，一辆汽车粗暴地按了声喇叭，一次又一次，按了好久。电车的铃声在夜色中叮叮当当。盥洗桌的大理石桌面上，闹钟冰冷无情地滴答作响。梅尔索吃力地说：“我之所以这么问你，是因为我了解自己。如果不让我知道，那么我遇到每个男人都免不了会怀疑，会胡思乱想。就是这样。我总是想很多。我不知道你能不能理解我。”

她非常理解。她说了他们的名字。其中只有一个是梅尔索不认识的。最后一个是他认识的年轻人，他想的就是这个人，他知道他长得帅气，讨女人欢心。在和玛尔特做爱的时候，最令他震惊的——至少他是第一次这么震惊——便是女人居然可以接受和一个陌生人如此亲近，能够让对方的肚子紧贴着自己的。从这种自由放纵和意乱情迷之中，他认出了做爱令人激动又卑劣肮脏的力量。他首先想到的是她和她的情人之间也有这种亲密感。这时，她坐到床边，把左脚放到右腿上，脱掉一只鞋，然后又脱掉另一只，任由它们掉到地上。一只鞋侧躺着，另一只则立在自己的高跟上。梅尔索感到喉咙一阵发紧，胃里一阵翻江倒海。

“你就是这样和勒内做的吗？”他微笑着说。

玛尔特抬起双眼。

“你在想什么呢，”她说，“他只做过一次我的情人。”

“啊！”梅尔索说。

“而且那次我连鞋子都没脱。”

梅尔索站起身来，想象她穿着衣服，仰卧在一张相似的床上，毫无保留地献出自己。他大喊：“闭嘴！”走到窗边。

“哦，亲爱的！”玛尔特边说边从床上坐起来，穿着长袜的脚踩在地板上。

梅尔索望着电车轨道上路灯忽明忽暗的光影，慢慢平静下来。他从来没有像此刻这样觉得贴近玛尔特。同时他也明白，他也向玛尔特更敞开了一些，自傲在他眼中灼烧。他回到她身边，用拇指和弯起的食指捏了捏她耳朵下方脖颈上温热的皮肤。他微笑了一下。

“那个扎格尔斯呢，他是谁？只有他我不认识。”

“他呀，”玛尔特笑着说，“我还在见他。”

梅尔索捏她的手指更用力了一些。

“你知道，他是我的第一个。我那时候还很年轻，他比我稍稍年长一些。现在他双腿截肢了，自己一个人住。所以我偶尔会去看看他。他是个有学问的好人，随时随地都在看书，当年他是大学生。他总是很乐观开朗。总之他就是这么个人。而且他也总说和你相似的话。他会对我说：‘过来，表象。’”

梅尔索思考着。他放开玛尔特，她闭上眼睛，躺倒在床上。过了一会儿，他坐到她身旁，俯身凑近她微微开启的嘴唇，想要寻找她身上混杂着兽性的神性，想要忘掉他自认为可耻的痛苦。但他只是轻轻吻了她一下，便不再继续了。

送玛尔特回去的路上，她对他谈起扎格尔斯：“我和他说过你，我跟他说，我亲爱的又帅又厉害。他说他想认识你。因为他说：‘美丽的身体能帮助我更好地呼吸。’”

“又是个喜欢把事情搞复杂的家伙。”梅尔索说。

玛尔特想要取悦他，觉得这时候是该上演一波吃醋的桥段，她觉得这是她欠他的。

“哦，他才没有你那些女朋友复杂。”

“什么朋友？”梅尔索委实惊讶地说。

“就是那些小笨妞呗，你还不知道？”

那些小笨妞，是指萝丝和克莱尔，是梅尔索以前认识的突尼斯女学生，她们也是他生活中还保持往来的少数几个人。他微笑着，从背后揽着玛尔特的脖子。他们走了很久。玛尔特住在练兵场附近。那条街很长，上层成排的窗户闪着光，而下面所有商场都关门了，黑黢黢、阴沉沉的。

“亲爱的，你说说，你不爱她们吗，那些小笨妞？”

“当然不。”梅尔索说。

他们走着，梅尔索的手搭在玛尔特的脖子上，被她长发的温热所覆盖。

“你爱我吗？”玛尔特直截了当地问。

梅尔索顿时提起神来，哈哈大笑起来。

“这是个严肃的问题。”

“回答我。”

“这么说吧，在我们这个年纪，是没有相爱这回事的。我们只是彼此取悦，仅此而已。到了后来，等我们老了，没力气了，才可能相爱。在我们这个年纪，我们只是自以为相爱。没别的，仅此而已。”

她看起来很悲伤，但他亲吻了她。她说：“再见，亲爱的。”梅尔索从黑黢黢的弄堂回来。他走得很快，他清楚地感觉到丝滑材质的裤管下大腿肌肉的活动，不禁想起扎格尔斯和他被截肢的双腿。梅尔索突然想要认识那个男人，便请玛尔特引见。

第一次见到扎格尔斯的时候，他感到一种厌恶。然而，扎格尔斯已经尽力做好准备，减轻那种同一个女人的两个情人在她在场时见面可能产生的尴尬感。他试图拉拢梅尔索，称玛尔特为大家闺秀，并且哈哈大笑。梅尔索搭不上话。只剩他和玛尔特在一起时，他立刻一股脑儿地告诉了她。

“我不喜欢残疾人。这让我不舒服，让我无法思考。更不要说那种爱夸耀的残疾人了。”

“哦，你呀，”玛尔特没听懂他话里的意思，“瞧你把话说的……”

但是后来，扎格尔斯这种起初让他厌烦的孩子气的笑声终于吸引了他的注意力，引起了他的好奇。于是再次见到扎格尔斯时，使梅尔索产生的偏见和难以掩饰的嫉妒消失了。当玛尔特一脸无辜地谈及她当年认识扎格尔斯时，他建议说：“不用浪费时间了。我不会嫉妒一个没有腿的人的。就算我想象你们俩在一起，也顶多觉得他像匍匐在你身上的一条肥胖的蛆虫。你明白了吧，这只会让我想笑。别白费力气了，宝贝。”后来他又单独去找过扎格尔斯。扎格尔斯说话又快又多，时不时大笑，然后又陷入沉默。扎格尔斯的大房子里有他的藏书和摩洛哥铜器，有壁炉，炉火映在书桌上高棉佛像缄默的脸上，梅尔索在里面感觉很好。他聆听扎格尔斯说话。这个残疾人最令他震撼的，是他说话之前会思考。还有就是，这具滑稽的躯体中所蕴藏着的激情和他所经历过的炽热的生活都足以吸引梅尔索，如果他稍微放开一点儿的话，梅尔索的内心甚至还会对他滋生一种友谊。

第四章

星期天下午，罗朗·扎格尔斯说了很多话，又开了很多玩笑，然后，他沉默下来，身上裹着白色毯子，静静地坐在壁炉边的大轮椅上。梅尔索靠在书架上，隔着窗户的白丝纱帘望着天空和田野。他来的时候飘着绵绵细雨，因为害怕来得太早，他还在田野里闲逛了一个小时。天空灰蒙蒙的，虽然听不到风声，梅尔索却看到树木和枝叶在静默的小山谷中蜷曲着。马路那一端，一辆送奶车发出一阵巨大的金属和木器的噪声。几乎与此同时，倾盆大雨落了下来，淹到了窗户。大雨犹如一层厚厚的油脂蒙在玻璃上，远方空洞的马蹄声现在比货车的噪声更清晰可闻。沉闷而冗长的暴雨声、壁炉旁的残疾人，甚至是房间内的寂静，一切都蒙上了一层怀旧的面貌。它透漏出一种无声的忧郁，穿透了梅尔索的心，就像刚才雨水湿了他的鞋，寒气渗入了他单薄裤子掩盖下的膝盖。片刻之前降下来的非雾亦非雨的水汽，如一双轻盈的手洗净了他的脸，并露出蒙着厚重黑眼圈的双眼。现在他凝望天空，乌云不断飘来，不断消逝，又不断被新的乌云所取代。他长裤上的褶皱消失了，一个正常男人漫步在自己专属的世界里时所拥有的活力和自信也随之消失了。所以他才凑到壁炉旁，靠近扎格尔斯，坐到他对面，微微藏在巨大烟囱的影子里，始终看得见天空的地方。扎格尔斯看看他，又把目光移开，把左手握着的一团纸扔进了炉火之中。这个举止一如既往地可笑，看着这具半死不活的躯体，梅尔索感到一阵不适。扎格尔斯笑而不语。他忽然低头望向梅尔索。火焰只照亮了他左侧的脸颊，但他的声音和眼神中有一种热忱，他说："您看起来有点儿累。"

梅尔索有点儿不好意思，只是回答说："是的，我有点儿无聊。"过了一会儿，他抬起头，走向窗口，看着窗外说："我想要结婚，我想要自杀，或者订阅《画报》。反正就是个绝望的举动。"

扎格尔斯微笑着说："梅尔索，您很穷。这从某种意义上来说也解释了您的厌世。还有一部分原因，是您荒谬地同意了自己的贫穷。"

梅尔索依然背对着他，凝望着风中的树林。扎格尔斯用手抚平裹在腿上的毯子。

"您知道，男人如果想要评判自己，总是看自己是否懂得让身体的需求和心智的需求两者之间得到平衡。梅尔索，您正在自我评判，而且标准相当苛刻。您这样活着太痛苦了。像野蛮人。"他转头看梅尔索，"您喜欢开车，是吧？"

"是的。"

"您喜欢女人吗？"

"如果她们好看的话。"

"我就是这意思。"扎格尔斯边说边看向壁炉。

沉默了一阵之后，他又说："这一切……"梅尔索转过身来，倚靠着背后略微弯曲的窗户，等着扎格尔斯把话说完。扎格尔斯却沉默不语。一只苍蝇贴着窗户嗡嗡叫。梅尔索转过身来，用手困住它，又把它放了。扎格尔斯看着他，略显犹豫地说："我不喜欢说话太严肃。因为这样的话，只剩一件事可以聊：个体对自己人生的辩白。而我呢，我就找不出理由来解释自己为什么有这双断腿。"

"我也找不到理由。"梅尔索说话时并没有转身。

扎格尔斯忽然爽朗地大笑。"谢谢。您一点儿幻想的余地都不给我留。"他转换了语气，"但您这样严酷是对的。然而我还是想跟您说件事。"然后他严肃地沉默了下来。梅尔索走过来，坐在他面前。

"您听着，"扎格尔斯说，"您看看我。我连如厕都要靠别人帮忙。然后还需要别人帮我清洗和擦拭。更糟糕的是，我得花钱雇人做这个事。即便是这样，我还是对人生充满了信仰，绝不会做任何事情去缩短它。我还愿意接受更严重的事情，比如失明、聋哑，随您说什么都好，只求我肚子里还能感受到这股晦暗却炙热的火苗，它就是我，生机盎然的我。我只想感谢生命允许我继续燃烧。"扎格尔斯有点儿喘息，往后一靠。他隐没到阴影里，只看得到白色毯子在他下巴上映出的苍白光斑。他继续说："而您，梅尔索，拥有这副身躯，你唯一要做的，就是快乐地活着。”

“别开玩笑了，”梅尔索说，“每天要上八小时班。啊！我要是能自由就好了！”

他越说越带劲儿，就像有的时候，希望又燃了起来，今天感觉有人在边上协助，便更是燃起了希望。终于能信赖某人让他又萌生了自信。他稍稍让自己冷静了一些，熄灭了一支烟，淡定地说：“几年前，我拥有一片锦绣前程，别人跟我谈我的人生，谈我的未来。我总说好。我甚至去做为此该做的事情。可即便在当时，这一切对我已经显得陌生。我每天忙着尽量让自己显得平平无奇。不要快乐，也不要‘反对’什么。我说不太清楚，但您应该能明白我，扎格尔斯。”

“是的。”扎格尔斯回答说。

“现在呢，如果我有时间……我只想自我放纵。一切突如其来降临到我身上的事情，这么说吧，就像落到小石子上。雨水让石子清凉，这样已经很美好了。另一天，它又将被太阳炙烤。在我看来，快乐纯粹就是这样。”

扎格尔斯双手交叉抱在胸前。紧接着是一阵沉默，雨势看起来更大了，乌云膨胀成一团模糊不清的雾气，房间内变暗了一些，仿佛天空把积压的阴暗和寂静都投注了进来。扎格尔斯认真地说：“每个身体总有一个与之相匹配的理想境界。要我说的话，石子的理想境界需要一个半神的身子来支持它。”

“的确，”梅尔索有点儿意外地说，“但也不用这么夸张，我做很多运动，就这么简单。在身体感官上，我能获得极大的享受。”

扎格尔斯陷入沉思。

“是啊，”他说，“我替您高兴。了解自己身体的极限，这才是真正的心理学。再说这也不是什么重要的事。我们没有时间做自己，没有时间快乐。但是，您是否介意跟我详细说说您所说的‘让自己平平无奇’？”

“不介意。”梅尔索说，然后便沉默了。

扎格尔斯抿了一口茶，剩下一大杯就放那儿不动了。他喝得很少，因为他每天只想小解一次。凭着坚强的意志，他几乎总能把随着每一天而来的羞辱感降到最低。“能少一点儿就少一点儿。这也是一种破纪录了。”某天，他曾经这样告诉梅尔索。几滴水第一次从烟囱落入壁炉里。炉火发出噼啪声。玻璃窗被雨水愈加猛烈地击打着。某处有扇门砰的一声关上。对面的马路上，一辆辆汽车犹如油光发亮的老鼠一般飞蹿而过。其中一辆按了一声很长的喇叭，声音穿过山谷，这声音空洞而凄凉，使得这潮湿的空间愈显空旷，直到他的回忆对梅尔索来说都成了这片天空寂静而悲伤的一部分。

“我请您见谅，扎格尔斯，但有些事情，我很久都没谈及过了。所以我不记得了，或者说记不清楚了。当我看着自己的人生和它隐秘的色泽，我感觉内心有一阵激动的泪水。就像这片天空。既是雨又是晴，既是正午又是午夜。啊，扎格尔斯！我回想着吻过的那些唇，回想着自己曾是个穷孩子，回想着人生中某些时刻令我激昂的躁动和野心。那些全是我。我相信一定有某些时候，您甚至认不出我来。极度的不幸，过分的幸福，我不知该怎么说。”

“您同时扮演好多角色？”

“是的，但我不只是玩玩而已，”梅尔索激动地说，“每当我想到自己内心所经历过的悲喜，我就知道，非常明确地知道，我所参与的这场戏，是所有戏中最认真、最激动人心的部分。”

扎格尔斯微笑。

“这么说来，您有很多事要做？”

梅尔索大声地说：“我得养活自己。别人能忍受那种八小时的工作，但我的工作让我抓狂。”

他沉默了，点燃了一直夹在手指间的烟。

“然而，”他手中的火柴还没熄灭，“要是我有足够的体力和耐心……”他吹了吹火柴，把焦黑的一头按压在左手手背上。“……我很清楚我会有怎样的人生。我不会把我的人生当作一场实验。我自己会是我人生的实验。我知道怎样的热情会一股脑儿地充盈我。以前我太年轻了，总把以自我为中心。如今，”他继续说，“我明白了，去行动，去爱，去忍受苦难，这便是真正地活着；但这样活着的前提是愿意活成透明人，并且接受自己的命运，就像一道充满喜悦和热情的彩虹，虽然普天之下是同一道彩虹，但其映像是独一无二的。”

“是的，”扎格尔斯说，“但您不能工作的同时又过这样的生活……”

“不能，因为我总处在反抗的状态，这样不好。”

扎格尔斯不说话。雨停了，夜色湮没了乌云，房间内几乎已经漆黑一片，只剩壁炉的火照亮扎格尔斯和梅尔索的脸。扎格尔斯望着梅尔索，沉默了许久，然后只是说了句：“爱你的人要吃很多苦……”梅尔索突然往前跳了一步，扎格尔斯惊讶地停了下来，梅尔索的脸隐在阴影中，激动地说：“别人对我的爱不能逼迫我做任何事情。”

“的确，”扎格尔斯说，“但我只是说出我所认为的而已，您总有一天会孤独终老，就是这样。您请坐下，听我说。您说的话令我震撼。尤其是其中一件事，它证实了人生经验所教给我的一切。梅尔索，我非常喜欢您，也是因为您的身体，是它教会了您一切。今天我觉得似乎可以对您敞开心扉说话了。”

梅尔索缓缓坐下来，他的脸进入已逐渐转暗、接近消逝的火光。窗框中，丝质的纱帘外面，夜晚忽然拉开了序幕。窗外有什么东西展开了。一片乳白色的微光漫入房间内，梅尔索从佛像讽刺而缄默的嘴唇和镂刻的铜器上，认出了那张他熟悉而稍纵即逝的脸庞，那是他如此深爱的星月之夜的脸庞。夜晚仿佛丢失了替身般的乌云，此刻正安静地绽放着自身的光亮。马路上，汽车的速度放慢了。小山谷深处，突如其来的一阵骚动，为群鸟酝酿着睡意。房子前方传来脚步声，而在这个如牛奶般倾泻到世间的夜晚，喧嚣声回荡起来更广阔也更清亮。在微红的火光、屋内闹钟的震动和四周熟悉的物品的秘密生活中，一首稍纵即逝的诗编织成形，酝酿着让梅尔索以另一种心境、信心和爱接受的扎格尔斯即将说的一番话。他往扶手椅背上靠了靠，在这片天空下，聆听着扎格尔斯的奇特故事。

“我确定，”他开始说，“人没有钱不可能快乐。就是这样。我不喜欢贪图方便，也不喜欢浪漫主义。我喜欢把事情弄清楚。所以呢，我发现某些精英分子身上有一种自命清高，他们总以为金钱不是快乐的基础。这很蠢，显然也是错误的，而且从某种程度上来说是懦弱的。”

“梅尔索，您听好，对一个出身良好的人而言，快乐并不复杂。只需要把命运所给的一切重拾起来，凭的不是克己的意志（一如很多虚假的伟人那样），而是凭借追求快乐的意志。只不过得到快乐需要时间。需要很多时间。快乐本身也是一种漫长的耐心。在几乎所有情况下，我们耗费生命去赚钱，但明明应该用钱来换取时间。这就是一直以来唯一让我感兴趣的问题。它很明确。很具体。”

扎格尔斯停下来，闭上眼睛。梅尔索固执地继续望向天空。过了一会儿，马路和田野上的声音变得清晰，扎格尔斯不紧不慢地接着说：“哦！我很清楚，大多数有钱人完全不知快乐为何物。但这不是问题所在。有钱，就是有时间。我就是这么认为的。时间是可以买的，一切都可以买，身为有钱人，或者成为有钱人，就是在配得上快乐时有时间去快乐。”

他注视着梅尔索：“梅尔索，我二十五岁时便已经明白任何人只要对快乐有概念、有意愿且有要求，便有权当个有钱人。想要快乐，在我看来，是人心中最高贵的一件事。在我眼中，凡事都可以用这个‘要求’来得到解释。因此只需要一颗纯真的心便足够了。”

扎格尔斯始终注视着梅尔索，说话突然慢了下来，语气冷硬，仿佛想要吸引看起来心不在焉的梅尔索的注意力。“二十五岁时，我开始发迹。我不惜开始使诈，甚至不择手段。短短几年，便收获了大把的钞票。您知道吗，梅尔索，将近两百万啊。世界向我敞开了。有了世界，我就能过我梦寐以求的孤独又热烈的生活了……”过了一会儿，扎格尔斯以略显深沉的声音继续说，“或者应该说是我原本要过的生活！梅尔索，因为不久便发生了那场夺去我双腿的意外事故。我不知道如何自我了结……现在，就这样了。您能理解的吧，我不想过一种被贬损的生活。二十年来，我的钱一直在我身边。我过得很简朴。那笔钱几乎分文未动。”他用坚毅的双手覆盖在眼皮上，稍稍压低了声音说，“绝不能被病痛的吻玷污了人生。”

这时候，扎格尔斯打开紧邻着壁炉的小矮柜，里面有一个带着钥匙的大钢盒，微微泛黄。盒子上放着一封白色的信和一把黑色手枪。梅尔索不由得感到好奇，扎格尔斯只是报以微笑。事情很简单。每当那剥夺了他人生的悲剧压得他喘不过气来时，他就把这封信摆在面前，信上没有标日期，只阐述了他求死的意愿。然后他把枪放在桌上，把枪口拉过来，紧贴眉心，继而划过太阳穴，用冰冷的金属冷却脸颊的燥热。他就这样待了很久，任由手指沿着扳机游移，玩弄着保险卡槽，直到他周围的世界安静下来，整个人陷入半睡半醒的境界，蜷缩在这个又冰又咸、随时会有死亡冒出的金属枪口的感觉里。当他感觉到——自己只需要在信上标注好日期，然后开枪——通过这种方式去体验求死竟是如此轻易时，他知道自己的想象力是如此生动，让他得以在恐怖中看清否定人生的意义，于是他把这股想要在尊严和静默中持续燃烧下去的渴望全都带入昏睡之中。然后他彻底醒来，口中满是苦涩的唾液，他舔舐着枪口，把舌头伸进去，终于因为难以言喻的快乐而发出嘶哑的喘息。

“当然，我的人生毁了。但我说的是有道理的：要不计代价地追求快乐，抵抗这个用愚蠢和暴力将我们包围的世界。”扎格尔斯终于笑了，又说，“您看看，梅尔索，我们文明社会的卑劣和残酷，全都能在‘快乐的民族没有历史’这句俗语中寻见。”

天色已经晚了。梅尔索也不知道确切时间。他脑海中有一股狂躁的亢奋在沸腾。他嘴里残留着香烟的余温和苦涩。周围火光依然昏暗。故事听到现在，他第一次望向扎格尔斯：“我想我懂。”

扎格尔斯因为太过疲惫而喘着粗气。一阵沉默之后，他吃力地说：“我想说清楚一点，不要觉得我在说金钱能带来快乐。我的意思是，对某个阶层的人来说，在有时间的前提下，快乐是可能的，而有钱，就能摆脱金钱的困扰。”

扎格尔斯盖着毯子，瘫坐在椅子上。夜色笼罩下来，扎格尔斯几乎整个儿隐匿在黑暗中了。接着是一段长时间的静默，为了重新建立联系，在黑暗中确认对方的存在，梅尔索站起身来，像是摸索一般地说：“这是一种值得的冒险。”

“是的，”对方沉重地说，“最好赌这种人生，不要赌别种人生。至于我，当然，又是另一回事了。”

“一个废物，”梅尔索心想，“在这个世间一无是处。”

“二十年来，我无法体验某种快乐。我已经被自己的人生所吞噬，而我却无法完全参透它。而死亡最让我恐惧的，是它会让我非常确定——我的人生耗尽时，我将从未参与其中。我被迫成了我自己人生的旁观者，您明白吗？”

一阵年轻的笑声突如其来地从阴暗中传来：“这也就是说，梅尔索，说到底，即便是我这样的处境，我还是心怀希望。”

梅尔索朝桌子走了几步。

“好好想想这一切。”扎格尔斯说，“好好想想这一切吧。”

梅尔索说：“我能点灯吗？”

“麻烦您。”

罗朗·扎格尔斯的鼻翼和圆圆的眼睛在明亮的光线下显得更加苍白。他费力地呼吸着。梅尔索向他伸手，他却摇摇头，笑得很大声。“您别太把我说的话当真。您知道，别人看到我这双残腿所露出来的同情总是让我抓狂。”

“他在拿我开玩笑。”梅尔索心想。

“只要从悲剧中提取快乐就好。好好想想吧，梅尔索，您有一颗纯真的心。好好想想吧。”然后他直视梅尔索的双眼，过了一会儿，他说，“而且您还有两条腿，这样就已经很好了。”

说完，他微笑，摇了摇那只小铃铛：“您该走了，小伙儿，我要尿尿了。”

第五章

星期天晚上回家之后，梅尔索满脑子都是扎格尔斯，进入自己的房间之前，他听到箍桶匠卡多纳的房间里传来啜泣声。他敲了敲门，没有人回应。啜泣声并没有停止，他想也没想就推门进去了。箍桶匠卡多纳蜷缩在床上，哭得像个孩子。他脚边有一张老妇人的照片。“她死了。”他费力地告诉梅尔索。这是真的，但是很久以前的事了。

他耳背，还半哑，凶恶又暴戾。他一直跟姐姐一起生活，但她受够了他的凶恶和蛮狠，躲去了她孩子们那儿。他就这么被一个人留下了，不知所措得像个不得不第一次做家务和下厨的男人。某天，梅尔索在街上遇到了卡多纳的姐姐，她向梅尔索诉说了他们当时的争执。他当时三十岁，个子不高，但长得相当俊俏。从童年时期开始，他便与母亲一起生活。母亲是唯一让他心生敬畏的人，这份敬畏并没有什么实质性的根据，更多的是基于迷信。他以他那粗野的方式爱着她，爱得既野蛮又狂热。他表达爱意最好的方式，就是夸张地用最粗俗不堪的字眼去诋毁神父和教会，以此来逗弄老太太。他之所以一直和母亲一起生活，也是因为他不曾对任何女人产生过严肃的感情。不过，为数不多的几次艳遇或者去妓院的经历还能让他感觉自己算得上是个男人。

他母亲死了。从那时候起，他便和姐姐同住。房间是梅尔索租给他们的。姐弟俩相依为命，在肮脏又黑暗的漫长人生里奋力攀爬。他俩话不投机，往往好多天都说不上一句话。现在她搬走了。他太高傲，拉不下脸来诉苦或者请她回来，于是他独自生活。早上，他去餐馆用餐，晚上则从肉店带熟食回家吃。他会清洗内衣和厚重的蓝色工人服，但房间则是脏乱得尘土飞扬。起初，到了星期天，他偶尔会拿起抹布，试图整理一下房间，但作为男人的笨拙在一片凌乱中展露无遗。曾经摆满了鲜花和装饰的壁炉上，现在竟然有一只平底锅。他所谓的整顿，其实是掩饰脏乱，是用抱枕把乱放的东西遮住，或把各种稀奇古怪的东西堆到柜子里。到后来，他厌倦了，索性连被褥都不收拾了，和狗睡在又脏又臭的被褥上。他姐姐曾对梅尔索说："他总在咖啡馆抖机灵。但洗衣房的老板娘告诉我，她曾看到他一边洗衣服一边掉眼泪。"事实上，不管这个人看起来再怎么坚毅，某些时候，他的内心仍然被恐惧所占据，这让他了解到自己是多么孤单落寞。她告诉梅尔索，自己以前当然是因为同情才和他一起生活，但他阻碍自己和心爱的男人见面。不过，在他们这种年纪，这种事情已经没有那么重要了。那个男人已经结婚了。他从郊区的篱笆采来鲜花送给女友，还有游乐场赢来的橙子和烈酒。当然，他长得不帅。但是美貌并不能当饭吃，更何况，他是如此勇敢。他们珍视彼此。爱情，不就是这么一回事吗？她会替他洗衣服，努力让他保持整洁。他习惯把手帕折成三角形绑在脖子上：她替他把手帕洗得洁白，这是她的一种快乐。

可是她弟弟却不愿她和男友交往。她只能偷偷见男友，她曾邀他来家中一次。她弟弟毫无心理准备，于是两人大吵了一架。折成三角形的手帕遗落在房间一个肮脏的角落里，她从此便躲去了儿子家。梅尔索望着眼前肮脏的房间，想着那条手帕。

那时候，大家其实都挺同情箍桶匠的，因为他太孤单了。他曾经告诉过梅尔索，自己有可能结婚。对方是个上了点年纪的女人，她可能是渴望年轻而健壮的肉体的抚慰……她在成婚前便如愿以偿了。过了一段时间，她的情人悔了婚，嫌弃他太老了。他从此便独自住在这个街区的一栋小房子里。渐渐地，污秽将他包围，将他侵占，甚至攻占了他的床，然后以无可救药的方式淹没了他。这房子太丑了。而对于一个不喜欢待在家里的穷人而言，有另一个出入方便、华丽敞亮且随时欢迎他光临的家：咖啡馆。这个街区里有几家咖啡馆特别热闹。里头弥漫着人群聚集的热闹氛围，是对抗孤独的恐惧及其朦胧愿景的最后庇护所。这个沉默的男人把这儿当作自己的家。梅尔索每晚都能在那儿看到他。幸亏有这些咖啡馆，他总是尽量晚回去。他在那儿找到了人世间的一席之地。这天晚上，或许咖啡馆没能充分满足他。回到家里，他又拿出这张照片，对着照片，消逝的往事又袅袅浮现。他又见到了他曾经深爱又嘲弄的母亲。在这个丑陋的房间里，独自面对着自己一无是处的人生，汇聚起最后的一些力量，他意识到那段过去正是他的快乐所在。至少要相信这是真的，还要相信，在那段快乐的往昔与如今的萧条之间有那么一个衔接点，一束神圣的火花在那儿迸发，因此他哭了。

就像每一次面对人生中突如其来的启示一样，梅尔索感到无力，并且对这种野兽般原始的痛苦充满敬畏。他在那肮脏又多褶的被褥上坐下，一只手放在卡多纳的肩膀上。在他面前，桌上的防水帆布桌布上，杂乱地堆着一盏酒精灯、一瓶酒、一些面包屑、一块奶酪以及一个工具箱。天花板上结着蜘蛛网。自从母亲过世之后，梅尔索就没再进过这个房间，现在，他估算着房间的肮脏萧条程度，想象这个男人曾经走过了多少路。一扇朝着院子的窗户紧闭着，另一扇窗也才开了一条缝。悬吊着的煤油灯周围围绕着一圈小型纸牌，平行的圆形光线投射在桌面、梅尔索和卡多纳的脚上，以及墙边一张面对着他们的椅子上。这时，卡多纳把照片握在手中凝视着，亲吻着，用沙哑的声音说着："可怜的妈妈。"但他其实也在顾影自怜。她被葬在城市另一端的可怖墓地，梅尔索很熟悉那里。

他想要离开。他刻意咬字清晰，好让对方听懂："别这样。"

"我没有工作了。"对方痛苦地说，然后举着照片，断断续续地说道："我很爱她。"梅尔索自行翻译成："她很爱我。""她死了。"而他理解的是："我很孤独。""我做了个小桶送给她。"壁炉上有个箍着铜环的漆木小桶，上面附着的水龙头闪闪发亮。

梅尔索放开了卡多纳的肩膀，卡多纳无力地倒向肮脏的枕头。床底下传来一口深深的叹息和一股恶心的臭味。一条狗佝偻着腰慢慢地爬出来。它把长着长耳朵和金黄色眼睛的脑袋搁在梅尔索的膝头。梅尔索望着小桶。在这个脏兮兮的房间里，他使劲艰难地呼吸着，手指感受到狗的温度。他闭上眼睛，感觉到长久以来不曾有过的绝望如海水一般向他涌了上来。面对眼前的不幸与孤独，他的心今天对他说："不。"在这无比的悲痛之中，梅尔索感觉到内心唯一真实的，便是他的反叛精神，除此之外，都是悲哀与妥协。昨天在他窗台下喧嚣的街道此刻越发吵闹了。露台下的花园里飘来青草的香气。梅尔索递了一支烟给卡多纳，两人抽着烟，都不说话。最后几班电车经过，和它们一起经过的还有人群和光影鲜活的回忆。卡多纳睡着了，不久就鼾声大作，鼻子里还塞满了泪水。狗蜷缩在梅尔索脚边，时不时地哆嗦一下，在睡梦中呻吟。它每每抖动一下，体味就朝梅尔索袭来。梅尔索靠在墙上，试图压抑心中对人生的愤慨。那盏灯冒烟、烧焦，最后在可怕的煤油味中熄灭了。梅尔索打了个瞌睡，醒来时眼睛注视着那瓶酒。他吃力地站起身来，走向靠内侧的窗户，站着不动。呼唤与寂静从夜的深处朝他涌上来。在沉睡的世界尽头，一艘船久久地呼唤着人们出发，重新起航。

第二天，梅尔索杀死了扎格尔斯，然后回到家里，睡了一下午。醒来的时候他发烧了。晚上，他依然卧倒在床，于是他请来了街区里的医生，医生说他得了风寒。办公室的一名员工闻讯来访，顺便带走了他的请假单。过了几天，一切都安排好了：一篇文章，一份调查。扎格尔斯的举动完全合理。玛尔特来探望梅尔索，叹了口气说："有时候真羡慕他。但有时候，活下去比自杀更需要勇气。"一个星期后，梅尔索坐船去了马赛。他告诉大家，他要去法国定居。玛尔特收到一封从里昂寄来的分手信，这伤了她的自尊心。同时，他告诉她，中欧有人给他提供了一个极好的职位。玛尔特写了一封存局待取的信给他，向他诉说她的痛苦。梅尔索从来都没收到这封信，因为他抵达里昂的那天心血来潮，跳上了一辆前往布拉格的火车。然而，玛尔特告诉他，扎格尔斯在太平间里逗留了几天之后被安葬了，用了好多个枕头才把他的躯体固定在棺木里。

第二部分

有意识的死

第一章

“我想要一间房。”男人用德语说道。

柜台服务员站在一片挂满钥匙的大板子前，与大厅隔着一张大桌子。他打量着刚进来的这个人，只见他肩上披着一件灰色长风衣，说话时别过头去。

“当然，先生。住一晚吗？”

“不，我不知道。”

“我们的房间有十八、二十五和三十克朗一晚的。”

梅尔索望着旅馆玻璃门外的布拉格小巷。他双手插在兜里，一头打结的乱发，没有戴帽子。几步路之外，听得到电车从温塞斯拉斯大道下来发出的嘎吱嘎吱的声音。

“先生，您想要哪种房间？”

“都行。”梅尔索望着玻璃窗说。服务员从板子上拿了一把钥匙递给梅尔索。

“十二号房。”他说。

梅尔索像是突然睡醒一般。

“这间房多少钱？”

“三十克朗。”

“太贵了。我要一间十八克朗的。”

男人一言不发，重新递给他一把钥匙，向梅尔索指着垂挂在钥匙上的铜质星星：“三十四号房间。”

梅尔索坐在房间里，脱掉外套，松掉领带，下意识地卷起衬衫袖子。他走向洗手台，从上方的镜子里看到一张疲惫的脸，脸色有些干黄，几天没刮的胡子也掩饰不了。头发在搭火车的途中乱了，散乱地垂在额头上，落在眉宇间两道深深的皱纹处，让他的眼神透露出一种严肃又温和的表情，令他颇为诧异。他这时才想到要环顾一下这可怜兮兮的房间，这是他现在仅有的财产了，除了它，他一无所有。一条令人作呕的灰底大黄花地毯，各式各样高低起伏的污渍描绘出一个个悲惨黏稠的世界。巨大的电暖器后方，是一个油腻肮脏的角落。电开关坏了，里面的铜线裸露出来。一张排骨床架上方，一条沾满污垢的细绳，上面沾满了历经沧桑已经风干的苍蝇残骸，系着一只没有灯罩且油腻粘手的灯泡。梅尔索查看了还算干净的床单。他从行李箱里拿出盥洗用品，一一放在洗漱台上。他想洗手，但才打开水龙头，便又关上了，走过去打开没有窗帘的窗户。从窗户看出去，是个有洗衣池的后院和许多开了很多小窗户的墙壁，系在墙壁间的晒衣绳上晾着衣物。梅尔索躺下来，立即睡着了。他醒来时满头大汗，衣冠不整，在房间内晃了一会儿。然后他点燃一支烟，坐了下来，脑袋一片空白，怔怔地望着长裤上的褶皱。他口中混杂着睡眠的苦涩和烟的苦涩。他隔着衬衫挠着两肋，再一次环顾房间。在如此的荒凉与孤单面前，一股可怕的甜味涌进他嘴里。在这个房间里，他感觉一切离自己都如此遥远，甚至连发烧都已经远离，他如此清晰地体验到有备无患的人生底色的荒诞与悲凉，于是在他面前浮现出一张羞愧而神秘的面孔，那是一种从疑窦中萌生出来的自由面目。在他周围尽是松弛疲软的时光，时间像河底淤泥般汩汩作响。

有人用力地敲门，梅尔索蓦然回过神来，想起自己刚才就是被这样的敲门声给吵醒的。他打开门，看见门外站着个红发小老头儿，肩上扛着两个沉甸甸的行李箱。箱子是梅尔索的，在老头儿肩上显得无比硕大。老头儿怒气冲冲，骂骂咧咧，他稀疏的牙齿之间淌着口水。梅尔索这才想起，大行李箱的把手坏了，搬运起来非常不方便。他想要道歉，但不知道该如何说自己并不知道搬运行李的人会这么老。小老头儿打断他说："一共四十克朗。"

"一天的保管费就要这么多？"梅尔索有点儿惊讶。

对方解释了很久，他才明白原来老头儿打了出租车。但他不敢说，早知道这样，还不如他自己打出租车，于是他不情不愿地付了钱。房门又关上了，梅尔索感到胸口涌上一波无法言喻的泪水。附近的一座时钟响了四下。他睡了两个小时。然后他发现自己和街道之间只隔了前面的一栋房子，于是感觉流转其间的人生静默而神秘地膨胀着。最好出门走走。梅尔索洗了很久的手。他又在床边坐下，用锉刀有规律地修磨着指甲。院子里两三个警报器突兀地响着，梅尔索又回到窗边。于是他看到房子下面有条拱廊直通到街上。仿佛街上所有的声音，房子另一端未知的人生，那些拥有住址、有家庭、和某个叔叔有冲突、在餐桌上有特殊偏好、有慢性病的人和形形色色的生命的喧嚣，像是与人性的丑陋永远分隔开的奋力的跳动，全都渗入了这条通道，沿着整个院子升腾上来，像泡泡一般在梅尔索的房间里爆裂开来。梅尔索感觉到自己如此易于吸收周围的信息，对世间每个信号都如此敏感，于是他感觉到了那道让他重获新生的深刻的裂缝。他点了支烟，急匆匆地更衣。扣上外套扣子时，烟熏痛了他的眼睛。他回到洗手台前，洗了洗眼睛。他想梳个头，但梳子不见了。他用手梳理睡觉时搞乱的头发，但没什么用。头发耷拉在脸上，后脑勺的头发一根根翘起，他就这样下了楼。他感觉自己更虚弱了。到了街上，他绕着旅馆来到刚刚发现的小巷前。通道通往旧政府广场，在布拉格略显沉重的夜色勾勒出市政府和泰恩老教堂哥特式尖顶的黑色轮廓。汹涌的人潮在拱廊小巷里流动。他用眼神搜寻着，从每一个擦身而过的女人身上找寻那个让他相信自己仍然能够游戏人生的眼神。但健康的人有一种自然的直觉，懂得避开发烧的眼神。他没有刮胡子，头发蓬乱，眼神中有一种焦虑不安的野兽般的神情，他的裤子和衬衫领口一样皱巴巴，他失去了身穿剪裁精美的西装或是手握汽车方向盘所能带来的美妙自信。光线变成了赤铜色，夕阳仍然依恋着广场尽头的巴洛克风格的金色圆顶。他走向其中一个圆顶，进入那座教堂，被古老的气味所吸引，在一张长椅上坐下来。拱顶已经完全陷入幽暗之中，但金色的柱头泻出一道金色的神秘水流，注入高柱的凹槽饰纹，流到脸蛋肥嘟嘟的天使和冷眼讥笑的圣徒处。一股温柔，是的，那儿有一股温柔，但他是如此苦涩，梅尔索不由得奔向大门口，站在阶梯上，呼吸夜晚更为清凉的空气，他即将走入暮色中。又过了一会儿，他看到一颗星星亮了起来，纯洁又赤裸，闪烁在泰恩教堂的尖顶之间。

他走进黑暗又荒无人烟的街道，开始寻找便宜的餐馆。白天没有下雨，但地上却泥泞不堪，沿途很少有人行道，梅尔索只好努力躲开污淖的积水。随后下起了绵绵细雨。热闹的街道应该就在不远处，因为从这里就能听到卖报小贩吆喝着贩卖《国家政治报》的声音。他迷失在其中。他突然停下脚步，一股奇特的味道在夜色中朝他飘来，这种气味有点儿呛鼻，有点儿发酸，唤醒了梅尔索内心全部的忧虑。他感觉舌头上、鼻腔深处和眼睛里都充斥着这种味道。它起初遥远，接着飘到街角，现在又融入了漆黑的夜空，嵌入了油腻的人行道之间，恍然间便蹿到眼前，宛如布拉格暗夜的邪魅巫术。他朝着这种味道走去，随着距离越来越近，它变得更加真实，裹挟了他整个人，呛得他流下眼泪，让他毫无招架之力。走到街角，他明白了：一位老妇人正在卖醋腌小黄瓜，正是这味道俘获了梅尔索。有个路人停下来，买了一条小黄瓜，老妇人用一张纸把它包起来递给对方。那人当着梅尔索的面打开包装纸，大口大口地啃起那条小黄瓜，破裂后多汁的瓜肉散发出的气味更猛烈了。梅尔索感到不舒服，找了根柱子靠在上面，久久地呼吸着此时此刻世界所呈现给他的奇异与孤独。然后他离去，毫不犹豫地走进一家传出手风琴乐声的餐厅。他走下几级阶梯，在走到一半的时候停了下来，发现自己来到了一个阴暗且布满红色微光的小地下室。可能他看起来有点儿奇怪，因为手风琴手演奏的声音变小了，交谈声停了下来，客人纷纷转过身来望向他。在一个角落，一些姑娘吃东西吃得嘴唇油油的。其他客人则喝着微甜的捷克褐色啤酒。很多人只是抽烟，没有消费。梅尔索挑了一张长桌，只有一个人坐在边上。那人又高又瘦，一头黄发，瘫坐在椅子上，双手插在口袋里，紧闭的皲裂双唇含着一截已经被口水泡胀的火柴。他吮吸着火柴，发出令人不悦的声音，把火柴从一侧嘴角换到另一侧。梅尔索坐下来的时候，那人几乎一动不动，靠着墙壁，把火柴移向靠近梅尔索的那一侧嘴角，不动声色地眯着眼睛。这时候，梅尔索发现他衣襟上有颗红星。

梅尔索吃得不多，匆匆了事。他并不饿。手风琴手演奏得更大声了，他两眼直勾勾地盯着梅尔索。梅尔索两次露出挑衅的目光，企图用眼神与对方对峙，但他发烧的身体削弱了他的气场。那手风琴手依然盯着他看。突然，一个姑娘大笑起来，戴着红星的男子用力吮吸着火柴，火柴上冒出一个口水泡泡，而那依然盯着梅尔索的手风琴手，停止了原本演奏的轻快舞曲，改奏一段缓慢的、仿佛承载着几个世纪的尘埃的乐曲。这时候，门打开了，进来一位新客人。梅尔索没看清他，但随着大门敞开，立刻溜进来一股醋酸和小黄瓜的气味。这气味立刻充满了阴暗的地下室，融入手风琴神秘的旋律中，使男人火柴上的口水泡泡更加膨胀，让谈话突然变得意味深长，仿佛一个邪恶而痛苦的陈旧世界的意义，从沉睡着的布拉格深夜的边际，跑来躲进了这间屋子和这些人的温暖之间。梅尔索正吃着一份太甜的果酱，忽然感觉自己身上一直以来就有的裂缝迸开了，他觉得愈发焦虑和燥热。他猛地站起来，把服务员叫来，根本听不懂服务员说了些什么，并付了好多冤枉钱。他又看到那个乐手，依然瞪大眼睛盯着他。他走向大门，经过乐手身边，发现乐手依然凝望着他刚离开的那张桌子。他这才明白，那是个盲人。他走上楼梯，打开门，整个人迎向那依然挥之不去的气味，从那些短短的小巷走向深夜。

星星在房屋上方的夜空闪烁。他应该离河很近，因为可以听到河水沉闷而有力的吟唱。他见到了一堵厚墙上的铁栅栏，上面写满了希伯来文字，知道自己来到了犹太区。厚墙上方，垂坠着一棵柳树的枝条，散发着甘甜的气息。栅栏里，可以看到埋在草丛里的褐色大石头。这里是布拉格的旧犹太墓园。梅尔索奔跑着来到几步路之外的市政府旧广场。快到投宿的旅馆时，他不得不扶着墙壁，费劲地呕吐。凭着身体极度虚弱所带来的清醒，他准确无误地找到了自己的房间，进去睡下，很快便睡着了。

第二天，他被卖报的吆喝声叫醒。天色依然沉重，但隐隐可以感觉到云层后的太阳。梅尔索尽管有些虚弱，但感觉好多了。

他想着即将展开的漫长一天。这样面对着自己的生活，时间像是无限延伸了，一天当中的每一小时都像蕴含了一个世界。最重要的是，不能再像昨晚那样歇斯底里了。最好有条不紊地参观这座城市。他穿着睡衣，坐在桌前，一丝不苟地拟定了接下来一周每一天的行程。巴洛克式修道院和教堂、博物馆和老街区，他一个没落下。然后他开始梳洗，这才发现自己忘了买梳子，于是下楼时又像昨天一样，头发乱蓬蓬的，一言不发。经过门房时，门房发现梅尔索的头发根根竖起，神情恍惚，而且外套的第二颗扣子不见了。走出旅馆时，他听到一阵天真柔和的手风琴声。昨晚的那个盲人，蹲在旧广场的角落，演奏着乐器，表情依然空洞，带着一抹微笑，仿佛他已放下自己，全身心地在一个远超他自身所能企及的人生的律动中随波逐流。到了街角，梅尔索转过身去，又闻到一股小黄瓜的味道。随着这股味道，他又开始焦虑了。

后面一连好几天，他都是这样度过的。梅尔索起得很晚，参观修道院和教堂，在地窖和熏香的气味中寻求慰藉，然后回到阳光下，又对街头巷尾随处可见的小黄瓜商贩心有余悸。透过这股味道，他看到那些博物馆，并明白了这些巴洛克杰作的丰富与神秘，它们用自己的金碧辉煌和雄伟壮丽充盈着布拉格这座城市。在他看来，在后方昏暗处的祭坛上轻轻抹着的金色光芒，就像取自布拉格常见的、由雾气和阳光构成的金黄色天空。螺旋形与圆形的金属装饰、金箔般的复杂缀饰，与圣诞节为圣婴布置的马槽十分相似，令人动容。梅尔索从中体会到宏伟又夸张的巴洛克风格的格局，就像一种狂热、稚气又浮夸的浪漫主义，人以此来对抗自己的心魔。在这里被崇拜的那位神，是人们畏惧又崇敬的神明，不是那个在阳光海滩上与人一起欢笑嬉戏的神。从阴暗拱顶下弥漫的细腻灰尘味和虚无境界中走出来时，梅尔索突然觉得自己无所归依。他每天晚上都去城西边的捷克修士修道院。在修道院的花园里，时间随鸽子飞逝，钟声轻轻落在草地上，梅尔索只能与自己的燥热对话。然而此刻，时光还在流逝。不过那时教堂和古建筑都已经关门，而餐馆则还没开门。这是个危险的时刻。梅尔索沿着伏尔塔瓦河漫步，傍晚时分的河岸处处是花园和乐队。许多小船越过一个个水闸，溯游而上。梅尔索跟着船只一起往上走，离开水闸震耳欲聋的轰响和喧嚣，逐渐找回夜晚的平和与安宁。他继续往前走，再次遇上扩展成巨大声响的轰隆声。他来到另一个水闸，看到一些彩色小船试图安然无恙地越过水闸，却总是翻船，直到其中一艘小船超越了危险的水位，欢呼声才盖过了水声。蜿蜒而下的水流充斥着呐喊声、音乐声和花园的气味，满载着夕阳赤铜色的光芒和查尔斯桥上的雕像奇形怪状的影子，让梅尔索痛苦而清醒地意识到一种热情全无的孤独，其中已经找不到一点点爱情的踪影。水流和树叶的芬芳扑鼻而来，他停下脚步，喉头紧缩，想象着那迟迟不来的眼泪。这时候，他只需要一个朋友，或者一双张开的臂膀。但是泪水在他潜入的这个毫无温情的世界的边缘停住了。之前好几次，他也会在这个时候穿过查尔斯桥，去城堡区散步。那个区域坐落在河上，荒凉又寂静，虽然距离城市最热闹的街道仅几步之遥。他游走在这些华丽的宫殿之间，在宽广的铺着石子的院子里，顺着做工精致的栅栏，绕着大教堂走。在宫殿的高墙内，他的脚步声回荡在一片寂静之中。一阵沉闷的噪声从城市传来。这个街区没有卖小黄瓜的商贩，但在这片安静和宏伟中有种压迫感，逼着梅尔索不断回到楼下的那股味道和音乐之中，那已然成了他唯一的归宿。他回到之前发现的那家餐馆吃饭，至少那儿给他带来一种熟悉感。他坐在那个戴红星的男人附近的位子，那个男人只有晚上才会来，喝一小杯啤酒，嚼着他的火柴。晚餐时，盲人乐手再一次演奏起来，梅尔索吃得很快，付了钱，回到旅馆，沉入他夜复一夜的孩童般灼热的睡眠。

梅尔索每天想着离开这里，但是每一天，他都更随波逐流一点儿，追求快乐的意志不再强烈地指引着他。他抵达布拉格已经四天了，但始终没有去买每天早上令他感觉缺失的梳子。但他隐约有一种若有所失的感觉，而这竟是他隐隐期待着的。一天夜里，他经由第一次闻到那股味道的小巷走去餐馆。他已经闻到了那股味道，但就在他快走到餐馆门口时，对面人行道上有什么东西使他停下了脚步，他凑过去。一个男人躺在人行道上，双臂交叉在胸前，头侧向左边——三四个人倚靠在墙边，看起来像是在等待什么，但是神态很平静。其中一人抽着烟，其他人低声说着话。但是一个只穿着衬衫、外套搭在手臂上、毡帽向后倾的男人却围绕着那躯体跳舞，那是一种原始狂野的舞蹈，有点儿像印第安舞步，节奏铿锵有力，让人心情迷乱。马路上方，路灯光线微弱，渗入来自邻近餐馆的朦胧光晕。这个不停跳舞的男人，双手交叉在胸前的躯体，神情如此平静的旁观者，这种讽刺的对比和罕见的静谧，在一种沉思与无知之中，在略有压迫感的光影变化之间，有那么一分钟，梅尔索感觉只要过了这平衡的一分钟，一切就会在疯狂中崩溃。他又靠近了一些。死者的脑袋浸在血泊中，头转向有伤口的一侧，压在伤口上。在布拉格这偏僻的角落，打在油污斑驳的人行道上的稀疏光线、几米开外行驶在在潮湿打滑道路上的过路车辆、远方经过漫长班距正喧嚣着进站的电车，在所有这一切之间，死亡显得甜蜜又执着，他感受到死亡的呼唤和那潮湿的气息。梅尔索头也不回地大步离去了。忽然间，那股他差点遗忘的味道又向他袭来：他又走进那家餐馆，坐在自己惯坐的位子上。那个男人也在那里，但没有嚼他的火柴。梅尔索仿佛看到他眼中有一丝茫然。他抛开这个浮现在脑海中的愚蠢念头。但还是有无数念头在脑海中旋转。他什么餐都没点就落荒而逃，一路奔回旅馆，瘫倒在床上。他感觉太阳穴里有个痛点在灼烧。他心中空荡荡的，肚子紧绷着，他的愤慨一发不可收拾。往事一幕幕跃然眼前。他内心有什么东西渴望着女人的动作，敞开的臂膀和温润的嘴唇。在布拉格痛苦的夜晚，在醋酸味和童稚的乐曲声中，浮现出他发烧时魂牵梦萦的旧巴洛克世界焦躁的脸庞。他呼吸困难，视线模糊，举止僵硬地从床上坐起来。

床头小桌的抽屉是打开的，里面铺着一张英文报纸，他把上面一整篇文章读完了。然后他又倒回床上。那个男人的脑袋压在伤口上，那伤口大得足以塞进几根手指。他望着自己的双手和手指，心中升起赤子般的欲望。一股炽热而隐晦的激动伴随着泪水在他心中膨胀，他怀念那些充满阳光和女人的城市，在那里，墨绿色的夜能治愈伤口。泪水夺眶而出。他内心泛起一大片幽深孤寂的湖，湖面上飘扬着他解脱的悲歌。

第二章

梅尔索坐在驶向北方的火车上，仔细打量着自己的双手。天空阴云密布，奔驰的火车拖曳着一道低沉的烟雾。过于闷热的车厢里，只有梅尔索一人。他在夜里匆忙启程，独自面对着阴暗的早晨，将自己的心整个沉浸在这片恬静的波西米亚风景里，高大挺拔的杨树和远方工厂的烟囱等待着即将落下的雨，这情形让人看了想要落泪。然后他看了一下标示着德语、意大利语和法语三种语言的白色警告牌："请勿将头伸出窗外。"他的双手犹如鲜活粗暴的野兽，盘踞在他的膝头，吸引着他的目光。左手长而灵活，另一只手苍劲而结实。他熟悉它们、认识它们，同时感觉它们各自独立，仿佛可以独自采取行动，而无须他的意志介入。其中一只手过来扶着他的额头，试图阻挠在他两侧太阳穴跳动的燥热。另一只手沿着他的外套滑下去，从口袋取出一支烟，但他立马又把烟扔了，因为他突然想吐，这种呕吐的欲望让他浑身无力。双手回到膝盖上，安分下来，手心像是空握着杯，它们让梅尔索看到了自己人生的真面目，他的生命回归淡漠，任何想要取走它的人都能把它取走。

他的旅行持续了两天。但这次驱使他的，并不是逃避的本能。甚至这次旅程的单调都使他满意。这个带他跨越了半个欧洲的车厢使他能够待在两个世界之间。他上车没多久，又即将离开它。它把他从一段人生中抽离出来，他想抹去那段人生的回忆，以便把人生带向一个欲望为王的新世界。梅尔索从没感到无聊。他待在自己的角落里，几乎不受打扰，看看双手，又看看风景，陷入沉思。他刻意将旅程一路延伸至波兰的布雷斯劳，唯一花的力气是在边境海关处更换车票。他想要在自己的自由面前再待得久一点儿。他觉得很累，无力动弹。他收取内心最微小的力量与希望，把它们汇聚并重组，在内心重塑自己，同时也塑造了即将迎接的命运。他喜欢火车逃逸在平滑铁轨上的漫漫长夜，火车风驰电掣地驶入一个个只有大时钟亮着的小车站，而在那些大车站前，火车猛然刹车，因为那些大火车站像是亮着光的巨大巢穴，刚进入视野，便会把火车瞬间吞噬，并把它充沛的金色光线和暖意倾倒进车厢内。车轮叮当作响，火车头用力地喷着蒸汽，而车站职工转动红盘警示灯的机械性动作，让梅尔索再次和火车一同疯狂奔驰起来，只有他的清醒与不安在黑夜中见证着一切。车厢内光影又一次交错变幻着，又是黑色与金色的轮番重叠。德累斯顿、包岑、格尔利茨、莱格尼察。漫漫长夜中，独自面对着自己，他有足够的时间来为未来的人生做出一些举动，耐心地与某个火车站转角处逃跑的想法做斗争，任由自己再次被俘获，去追逐，去承担后果，然后在晶亮的雨丝与光线的舞蹈中再次逃离。梅尔索寻找着能够描述心中希望的字和句子，来消解自己的不安。在他目前如此虚弱的状态中，他需要一些公式。黑夜和白天都在这场和动词的顽强搏斗中度过，那画面从此将构成他面对人生时眼神中的所有色彩，那是他用他的未来编织成的柔软或不幸的梦。他闭上眼睛。生活，需要时间。人生就像所有的艺术作品，需要人对其仔细思索。梅尔索思考着自己的人生，并让自己狂热的意识和渴望快乐的意志在车厢内游走，这些日子里，这节车厢对他来说就像一间牢房，人在其中借由高于自己的东西，去学着了解人。

第二天早上，尽管四下是荒郊野外，但火车明显放慢了速度。距离布雷斯劳还有几个小时的车程，这一整天，火车都在西里西亚平原奔驰，平原上一棵树都没有，阴霾而积满了雨水的天空下，处处是胶着的泥泞。视野尽头，每隔一段距离，许多羽翼乌黑发亮的大鸟，一群群地飞翔在地面上方几米处，石板般沉重的天空压着它们，使它们无法飞得更高。它们盘旋得缓慢而沉重，偶尔其中一只会离开鸟群，紧贴地面，仿佛与大地合二为一，再以相同沉重的姿势远离，不断这样往复，直到它飞得够远，在最近的天际形成一个突兀的黑点。梅尔索用双手擦拭掉车窗上的雾气，透过手指在窗上留下的几道长痕，热切地望着外面。从荒凉的大地到苍白的天空，他心中浮现出一个无情的世界，这是第一次，他终于回归了自己。在这块回归天真的绝望大地上，他身为迷失在原始世界的旅人，找回了与自己的联系。他握着拳放在胸口，脸紧贴着车窗玻璃，感受到一股巨大的生命力，冲向自身及其体内沉睡着的伟大。他想把自己碾碎，融进这泥泞，通过这泥水钻进土里，再矗立在一望无际的平原上，身上盖满了泥土，在海绵和黑炭般的天空前张开双臂，仿佛面对的是绝望而华丽的人生标志，在最令人反感的东西里宣布自己对世界的支持，即便人生如此无情又肮脏，也声明自己与人生达成同盟。自从他出发以来，在他内心翻滚的那股巨大冲劲终于第一次崩溃了。梅尔索把自己的泪水和嘴唇紧贴着车窗玻璃。车窗上又一次起雾，平原消失了。

几个小时之后，他抵达布雷斯劳。远看，这城市像一座工厂烟囱和教堂尖顶鳞次栉比的森林。近看，它是由砖块和黑色石头所砌成的，戴着窄檐帽子的人们慢悠悠地走在路上。他跟着他们，在一家劳工咖啡馆度过了上午。一个年轻人在咖啡馆里吹着口琴：是一些好听而深沉的俗气旋律，能让灵魂获得休憩。梅尔索买了把梳子，决定继续南下。第二天，他已经到了维也纳。他整个晚上都在睡觉，白天有时候也在睡。醒来时，他的烧已经消退。他早餐吃了很多水煮蛋和鲜奶油，有点儿反胃地出了门，遇见了一个阳光和雨丝交替的上午。维也纳是个凉快的城市：没什么好参观的。圣埃蒂安纳大教堂太大了，他觉得有点儿乏味。他宁愿去教堂对面的咖啡馆，晚上则去了运河岸边的一家小舞厅。白天，他沿着环城大道散步，穿梭在那些奢华的美丽橱窗和优雅的女人之间。他短暂地享受着这种肤浅而华丽的场景，在这世上最脱离自然的城市里，感觉与自己分离。但这里的女人很美，花园里的花也娇艳明媚。夜幕降临的环城大道上，穿梭在街上光彩夺目又惬意悠然的人群中，梅尔索凝望着建筑物顶端那些飞马雕像，它们似乎想飞向红色的晚霞，却未能如愿。这时，他想起自己的女朋友萝丝和克莱尔。于是，自他离开里昂以来，他第一次写了封信。他将自己的一腔沉默一股脑儿地倾泻在纸上：

> 我从维也纳写信给你们。不知道你们过得怎么样。我通过旅行来感觉自己活着。我以苦涩的心情见到许多美好的事物。在这里，美让位给了文明。这让人觉得闲适。我不参观教堂和古迹，我只在环城大道上闲逛。傍晚，剧院和华丽的建筑上方，红色夕阳中，石马雕像盲目地奔向空中的景象在我心中留下一种喜忧参半的奇特感觉。早上，我吃白煮蛋和鲜奶油。我起得很晚，酒店对我的关心无微不至，主厨的手艺令我感动，我总是吃得很撑（哦，这鲜奶油真好吃）。这里有演出，也有很多美女。除了真正的阳光，我什么都不缺。
>
> 你们在做什么？跟我这个无所事事的浪子说说你们的事情吧，说说太阳吧。
>
> 你们忠诚的朋友
>
> 帕特里斯·梅尔索

这天晚上，写完信后，他又回到舞厅。这一晚，他留下了一位舞女，名叫海伦，她会说一点儿法语，并且能听懂他那蹩脚的德语。凌晨两点走出舞厅，他送她回家，然后他们以全世界最正确的方式做了爱。第二天早上醒来，他发现自己躺在一张陌生的床上，贴着海伦的背，他淡然地带着好心情欣赏着她修长的大腿和宽阔的肩膀。他离开时不想把她吵醒，只是往她一只鞋里塞了一张钞票。他走到门口的时候，听到海伦对他说："亲爱的，你搞错了。"他又回到床边。他的确搞错了。他对奥地利的钱币不太熟，仔细一看才发现，本想给她一百先令，却错给她留了五百先令。"不，"他微笑着说，"你就拿着吧。你太迷人了。"海伦那乱蓬蓬的金发下长着雀斑的脸上绽放出了微笑。她突然站到床上，在他脸上吻了一下。这可能是她给他的第一个发自真心的吻，梅尔索的心头突然涌起一股情感。他让海伦重新躺下，给她盖好被子，重新走向门口，回头微笑地看着她。"永别了。"他说。海伦睁大眼睛，把床单拉到鼻子下面，就这么看着他离开，不知道该说什么来回应他。

这之后几天，梅尔索收到一封来自阿尔及尔的回信：

亲爱的帕特里斯：

我们在阿尔及尔。您的孩子们会很高兴再见到您。如果您觉得自己心无牵系，那就来阿尔及尔吧，可以住在我们的房子里。我们会很高兴。当然我们会有点儿愧疚，但更多是为了方便。这也跟偏见有关。如果您乐意的话，来吧，来这儿试一试。总好过做个再服役的军人。我们的额头等待您父亲般的吻。

附：卡特琳娜反对“父亲般的”这个词。卡特琳娜和我们生活在一起。如果您愿意，这将是您的第三个女儿。

他决定从热纳去阿尔及尔。有些人在做出重大决定或者上演人生重要戏码之前都需要独处，而他，长期被孤独和陌生感囚禁，在展开自己的人生大戏之前，也需要退避到友谊和信任中，品尝一下安全感的滋味，哪怕只是表象。

在跨越意大利北部驶向热纳的火车上，他一路聆听着心中唱向快乐的千万个声音。才遇到第一棵直挺挺矗立在纯洁土地上的柏树映入眼帘时，他就让步了。他仍然感觉到自己的虚弱和燥热。他心中有某个东西软化了，放松了。很快，随着太阳继续升高，随着火车离海越来越近，从火红而跳跃的广阔天宇流泻出一道道空气与光，流淌在战栗的橄榄树上，在这苍穹下，翻腾着的世界的骚动与他心中的兴奋合二为一。火车的噪声、拥挤车厢内的嘈杂声、在他四周欢笑和歌唱的一切，伴随着一种内心的舞蹈，节奏如此合拍，以至于有那么几个小时，他仿佛静止了。被抛至世界尽头，而那舞蹈最终将一言不发却满怀欣喜的他送入那震耳欲聋的热纳。坐落在海湾、天空映照下的热纳神采飞扬，欲望和慵懒总是交战直至深夜。他饥渴地想要爱，想要欢愉和拥吻。灼烧他的天神把他抛到海里，扔到港口的一个小角落，那里的海水里有股沥青和海盐交融的味道，他拼命游泳直至精疲力尽。接着，他流连于老街狭窄而充斥着气味的小巷间，任由色彩替他呐喊，享受着被太阳重压的房屋上方的那片天空，任由趴在夏日垃圾间的猫替他休憩。他走上能俯瞰热纳的那条路，悠悠地吸了口气，任由那浸满了芬芳和光芒的整片海洋向他升腾而来。他闭上双眼，紧紧握着自己坐着的那块暖热的石头。再睁开眼的时候，他看到这座城市，过分旺盛的生命力以一种令人亢奋的低劣品位咆哮着。接下来的几天，他也喜欢坐在通往港口的斜坡上，中午看着从办公室走向河堤的年轻姑娘们经过。她们脚上穿着凉鞋，轻薄的亮色裙装里没有穿文胸。梅尔索看着她们，只感觉口干舌燥，心跳加速，他觉得自己的欲望自由而合理。晚上，他又看到了中午见过的那些女人，他腰间盘踞着一头欲望的野兽，猛烈而温柔地躁动着，尾随着她们。整整两天，他都被这种狂热的欲望炙烤着。第三天，他离开了热纳，前往阿尔及尔。

一路上，他观赏着水面和光线的游戏，从早晨到正午又到晚上，他让心随着天空缓缓跳动，然后回归他自己。他并不信任那些粗俗的治疗。他躺在甲板上，明白自己不该睡着，应该保持观察，观察他的朋友们，观察灵魂与身体是否保持舒适。他必须去建立自己的快乐并赋予这种快乐合理性。而现在，这件事对他来说想必是比较容易了。海上忽然变得凉爽起来，随着一股奇特的平静感沁入他的心中，随着第一颗星星慢慢在天际成形，天空的光线以绿色暗淡下去，又重生出一种黄色。他感觉在经历了这场动荡和风雨后，内心阴暗邪恶的部分已经沉淀下去，灵魂的清澈水流又重新回归良善与坚定。他心如明镜。对于女人的爱，他已经渴望了很久。但他却不是为爱而生的。他整个一生，从港口的办公室、他的房间和他的睡梦，到他的餐馆和情人，他一直苦苦追寻一种快乐，但在他内心深处，就像所有人那样，其实他认定这种快乐是不可能的。他只是假装自己想要快乐，却从来不曾清醒而坚定地如此要求。从来不曾如此，直到那一天……而从那一刻起，只因为一个权衡过利弊的举动，他的一生改变了，快乐似乎变得可能了。他想必是从痛苦中诞生的崭新的人。可是，比起他之前上演的那出可耻的闹剧，这又算得了什么呢？比如说，他看清了自己之前迷恋玛尔特，与其说是爱情，不如说是虚荣。以至于她献给他的那对奇迹般的嘴唇，也只是一股力量，使他惊奇愉快地认识到了自身的存在，并唤醒了一种征服欲。这整段感情，事实上只是把用确信代替了起初的惊奇，用虚荣代替了起初的谦卑。他喜欢和她一起去电影院的那些夜晚，喜欢众人的目光被她所吸引，喜欢他把她呈现在世界面前的那一刻。他通过她、她的魅力和她的生命力而爱自己。连他的欲望、对这个肉体的迷恋，或许也来自起初的惊奇，惊奇于竟能拥有一个无比美丽的身体，能凌驾于它之上，甚至羞辱它。现在，他知道自己不适合这份爱，而是适合他如今侍奉的黑暗之神的天真而可怕的爱。

和很多人一样，他人生中最好的部分终究与最糟的部分密不可分。克莱尔和她的那些朋友、扎格尔斯和他追求快乐的意志结合到了玛尔特身上。现在，他知道，是他追求快乐的意志该采取行动的时候了。但是他明白，这需要时间，拥有时间，是一种既美妙又危险的体验。只有平庸的人才会觉得慵懒悠闲是致命的。很多人甚至无法证明自己不是平庸的人。他现在已经赢得了这种权利。但他需要用行动去证明。只有一件事情改变了。关于他的过去和自己所失去的，他感觉自己已经不再受它们束缚。他只想要封闭自己的内心，只想要面对世界时的清醒和耐心的热忱。就像按压一块热乎乎的面包直到它失去弹性，他只想把自己的人生握在手中。就像在火车上的那两个漫漫长夜，他和自己说着话，然后准备迎接新生活。把人生当作麦芽糖一般舔舐，塑造它，打磨它，最后去爱上它，这就是他最为热衷的事情。像这样地存在于自己面前，他今后所要做的，就是将这份存在呈现在人生中的所有面孔前面，即便是以一种他现在已经知道难以承受的孤独为代价。他绝不会背叛它。他所有的蛮力都将帮助他达到这一点，它带领他到哪里，他的爱就会在那里汇合，像是对生活的一种痴狂的热爱。

大海缓缓摩挲着船只两侧。天空载满了星辰。梅尔索静默不语，感觉自己拥有极为强烈又深邃的力量，用交织着眼泪和阳光的脸，去爱、去欣赏这个人生，这个沉浸在海盐和温热石头之间的人生。他感觉仿佛只要抚摩它，他所有爱和绝望的力量便会交织在一起。这便是他独有的贫穷与财富。仿佛他归零之后，又重新展开了一盘新局，但这回他也已熟知面对命运时，压迫着他的那些力量和那股清醒的燥热。

接着便是阿尔及尔了，他在一个早晨慢悠悠地到了那儿，面向大海如瀑布般壮观的卡斯巴山城，丘陵和天空，张开臂膀的海湾，树林间的房屋，以及近在眼前的码头的气味。于是，梅尔索突然发现，自从离开维也纳以来，他一次也不曾想到扎格尔斯——这个他亲手杀死的男人。他承认自己有一种孩子、天才和无辜者的天赋——那种遗忘的本领。他感觉自己是无辜的，内心充满了喜悦，终于明白自己是适合快乐的。

第三章

梅尔索和卡特琳娜在露台上晒着太阳吃早餐。卡特琳娜身穿泳衣，而小伙子（他的女性朋友都这么叫他）则穿着泳裤，脖子上围了一条毛巾。他们吃着盐渍西红柿、马铃薯沙拉、蜂蜜和一大堆水果。他们把桃子镇在冰块里，拿出来时舔舐着绵密的果皮绒毛上汗滴般的水珠。他们榨了葡萄汁，边喝边把脸扭向太阳，把脸晒成深色（至少梅尔索是这样，他觉得晒成小麦色更有好处）。

“好好感受阳光。”梅尔索说着把手臂伸向卡特琳娜。她舔舐着他的手臂。“是的，”她说，“你也好好感受。”他感受了，然后一边抚摩着自己的肋骨，一边躺下来。她也侧躺下来，把泳衣褪到腰间。

“我这样不会不得体吧？”

“不会。”梅尔索回答说，并没有看她。

阳光在他脸上流转。他的毛孔略微湿润，呼吸着这笼罩着他又令他沉睡的火。卡特琳娜细细品味着阳光，呻吟着感叹道：

“真好。”

“是的。”小伙子说。

这座房子就建在一处看得到海湾的山丘顶。附近的人都称它为“三个女大学生的屋子”。上去得爬一条很陡峭的小路，路的开头和尽头都是橄榄树。中间路段较为平坦，沿路是一面灰色的墙，墙上满是淫秽图画和政治标语，看了能让筋疲力尽的旅人重整旗鼓。再然后，又是橄榄树，蓝色的天空像是晾晒在树梢之间，还有沿着晒黄了的牧草伫立的乳香黄连木的气味，牧草上还晒着有待风干的紫色、黄色和红色的布匹。旅人抵达这里的时候已经满身是汗，上气不接下气，推开蓝色小栅门时，得小心九重葛的卷须，然后再爬上一座陡如天梯的楼梯。所幸楼梯上方有蓝色遮阳篷，缓解了一点儿口渴的感觉。萝丝、克莱尔、卡特琳娜和小伙子都把这座房子称为“眺望世界之屋”。从这里可以俯瞰全景，它就像一叶悬在灿烂天际的小舟，能俯瞰世间多姿多彩的舞蹈。从最下方那曲线完美的海湾，有一股力搅动着青草和阳光，把松树和柏树、蒙着沙尘的橄榄树和尤加利树，一路送到屋子门口。从这恩赐的深处，随着季节的不同，会开出白色的大蔷薇花和含羞草，又或是屋子墙边的忍冬，会在仲夏夜释放出芬芳。晾晒着的白色床单和红色的屋顶，在海面的微笑上方，是用图钉从海平线一端钉到另一端一般的毫无褶皱的天空，眺望世界之屋的大扇的窗户都对着这片五光十色的景致。远处，紫色高山的一条棱线，以其陡坡和海湾相连，把这份陶醉囊括在它遥远的轮廓中。于是，不会有人再抱怨山路的陡峭或者爬山的疲惫。在这儿，人每天都需要征服自己的喜悦。

像这样活在世界面前，这样感受自己的重量，这样每天看到自己的脸庞明亮起来，又黯淡下去。住在屋子里的四人清楚地意识到一种存在，它既是他们的评断者，也是对其合理性的证明。在这里，世界拟人化了，成了他们寻求建议的对象，它的公平并未抹杀爱。他们请它做证：

“我和这个世界，”梅尔索漫无边际地说着，“我们并不认同你。”

对卡特琳娜而言，裸体意味着抛开偏见，她常常趁梅尔索不在时，在露台上脱掉衣服。她总爱望着色泽变幻的天空，在餐桌旁以一种感性的骄傲说：“我刚刚赤裸在世界面前。”

“是啊，”梅尔索轻蔑地说，“女人自然是更喜欢她们的想法而不是她们的感觉。”卡特琳娜听了跳起脚来，因为她不想成为知识分子。萝丝和克莱尔异口同声地说：“闭嘴吧，卡特琳娜，你错了。”

虽然大家都爱卡特琳娜，但众所周知，卡特琳娜总是错的。她的身子笨拙但清秀，皮肤像是烤焦的面包，还有一种这个世界必不可少的动物本能。没有谁比她更好地诠释了树、海和风掺杂在一起的深邃语言。

“这个小东西，”克莱尔边不停地吃着东西边说，“这是大自然的力量。”

然后大家便都去晒太阳，一声不吭。梅尔索减弱了自己的雄性力量。世界并没有去破坏它。萝丝、克莱尔、卡特琳娜和梅尔索站在他们房子的窗户前，生活在那些画面和表象里，首肯了这种将他们联系在一起的游戏，他们向友谊微笑，也向温柔微笑，但此刻重新回到天空和大海的舞蹈面前，他们又重新找到自身命运的神秘色彩，最终见到了最深处的自己。有时候，猫咪会来加入它们的主人。古拉往前走着，总是一副气呼呼的样子，绿眼睛里带着黑色的问号，瘦小而精致的模样，有时又像发了疯似地与阴影搏斗。“这是内分泌的问题。”萝丝说道。说完她便大笑起来，笑得整个人都花枝乱颤的，她的鬈发下，她的圆形镜框后，眼睛都高兴得眯了起来。直到古拉跳到她身上（这可是种特殊待遇），她的手指游走在它光泽鲜亮的皮毛上。在她面前，古拉柔和下来，放松下来，变成了一只温柔的母猫，她用充满着爱的双手安抚着这只野兽。因为猫是萝丝通往这个世界的出口，就像卡特琳娜是通过裸体的方式。克莱尔更偏爱另一只名为卡里的猫。它温和又傻气，就像那一身脏兮兮的白毛，任人蹂躏。克莱尔有着一张佛罗伦萨人的脸，并且感觉自己的灵魂很美好。她安静又自闭，情绪总是来得很突然，胃口总是很好。梅尔索眼看着她发胖，不禁责备她：“你让我们倒胃口，”他说，“一个美丽的人，是没有权利变丑的。”但是，萝丝打断他说：“你就饶过这孩子吧！吃吧，我的克莱尔妹妹。”

一整天就这样在围绕群山和大海的日出日落间过去了，浸泡在细腻的阳光里，大家欢笑着，打着趣，做着对未来的计划。每个人都对表象微笑，并假装臣服于其下。梅尔索从世界的脸庞，转向年轻女子们严肃而微笑着的脸庞。这个突然出现在他周围的天地，有时候让他惊讶。信任和友谊、阳光和白色的房屋，从这中间萌生出完好无损的快乐，和他产生几乎完全同频的共振。他们都说，“眺望世界之屋”不是一间供他们玩乐的房子，但他们在里面，却又真的无比快乐。梅尔索深有感触，尤其是当夜晚到来时，随着最后一阵微风，所有人都任由一种人性而危险的冲动（一种让自己不像任何东西的冲动）进入自己的心中。

今天晒完太阳，卡特琳娜就去办公室了。

“我亲爱的帕特里斯，”萝丝突然冒出来，对梅尔索说，“我有一个好消息要告诉你。”

这天，小伙子肆无忌惮地躺在阳台的躺椅上，手里拿着本侦探小说。

“亲爱的萝丝，我听着呢。”

“今天，轮到你做饭了。”

“好。”梅尔索答应着，但一动不动。

萝丝离开了，背着她的大学生书包，书包里漫不经心地装着午餐甜椒以及拉维斯所著的乏味的《法国史》第三卷。梅尔索一直拖到十一点才煮扁豆，他端详着赭石色墙面的客厅，客厅里有沙发和置物架，绿色、黄色和红色的面具，还有带着橘红色条纹的米灰色壁纸。端详一番后，他才匆匆把扁豆用开水煮熟，又倒油到锅里，放点洋葱，然后放入一个西红柿、一把野菜，一边忙碌着，一边忍不住骂在一边发出声音喊饿的古拉和卡里。然而萝丝昨天已经和它们解释过了："你们两个小东西，知道吗，天那么热，不会饿的。"

十一点四十五分，卡特琳娜回来了，穿着轻薄的长裙和凉拖。她需要冲个澡，再来个日光浴。她会最后一个上桌吃饭。萝丝会严肃地对她说："卡特琳娜，你真是让人难以忍受。"浴室里传来冲水声，克莱尔气喘吁吁地出现了："你要煮扁豆？我知道个很好的法子……"

"我知道。我加了鲜奶油……我们听了太多次了……我亲爱的克莱尔。"

众所周知，克莱尔不管做什么菜，总是先加鲜奶油。

"他说得没错。"刚来的萝丝说道。

"当然。"小伙子说，"我们上桌吧。"

他们用餐的这个厨房，简直像个杂货铺。这里应有尽有，甚至还有一本记事簿，来记萝丝说过的金句。克莱尔说："要时髦，但要保持简单。"说着就徒手抓起一根香肠来吃。卡特琳娜在合适的时候姗姗来迟，醉醺醺、病恹恹的，两眼因为困意而憔悴无神。她的灵魂不够苦闷，不想去想工作的事情——每天从她的世界和生命中夺走八小时，只是对着一台打字机。她的朋友们能够明白，并想象着若是她们的人生也这样如被截肢般每天夺走八小时是怎样一种感受。梅尔索不说话。

“是的，”不爱矫情的萝丝说道，“至少让你有事可干。你每天都跟我们说你工作的事情。我们不准你说话了。”

“可是……”卡特琳娜叹了口气。

“不然我们听听大家的意见。一，二，三，你看大家都反对你。”

“你看。”克莱尔说。

扁豆煮好了，煮得有点儿太干了，大家都沉默不语地吃着。每当克莱尔做饭，上桌品尝的时候，她总是一副满意的样子加上一句：“真是太好吃了！”梅尔索抹不开面子，宁可默不作声，直到大家哄堂大笑。卡特琳娜今天状态不好，但想要求将每周劳动时间从四十八小时缩减到四十小时，所以想有人陪她去一趟劳工总工会。

“不，”萝丝说道，“说到底，上班的是你。”

卡特琳娜被惹恼了，“这股大自然的力量”便跑去阳光下躺着。很快，大家也都跟着去了。克莱尔漫不经心地抚摩着卡特琳娜的头发，她认定“这孩子”需要个男人。因为在“眺望世界之屋”，大家习惯替卡特琳娜决定她的命运，替她考虑她需要什么，并替她安排上相应的数量和种类。当然，她偶尔也会说自己已经长大了之类的，但是大家不听她的。“可怜的孩子，”萝丝说道，“她需要个情人。”

然后大家就尽情沐浴在阳光之中。不记仇的卡特琳娜就开始说她办公室的八卦，还聊到那位身材高挑的金发女郎佩雷兹小姐，她刚结婚没多久，结婚前她是如何到处打听消息，又是如何被同事们的话给吓到，婚假回来后又是如何如释重负地微笑着说：“也没有那么可怕嘛。”“她三十岁了。”卡特琳娜略带同情地加了一句。

萝丝批评卡特琳娜说这些有点儿“冒险”的八卦：“喂，卡特琳娜，这儿并不是只有年轻姑娘啊。”

这个时候，航空邮件班机从城市上空飞过，金属机身闪闪的光芒在地面和天空间闪耀。它进入海湾的律动，像海湾一样俯身，融入世界的驰骋，然后忽然之间就此停止嬉戏，突然就转了向，在大爆炸般的蓝白相间的水花中，缓缓地沉入大海。古拉和卡里侧躺着，它们蛇一般的小嘴里，露出粉红色的软腭，穿过华丽而香艳的梦境，它们的身体微微颤抖着。头顶的天空，用力从高处坠下阳光和色彩的重量。卡特琳娜闭着双眼，感受这漫长而深邃的坠落，将她带往她自己的深处，在那里，有个动物温柔地搅动着，呼吸着，像神明一般。

接下去的周日，他们要接待客人。轮到克莱尔做饭。萝丝削了蔬菜皮，摆好餐具；克莱尔把蔬菜放进锅里，便跑去房里看书，偶尔跑出来监督一下烹煮情况。摩尔人米娜今天早上没有来，她今年第三次失去了父亲，萝丝把家里打扫了。客人们陆续到了。第一位客人是艾利安纳——梅尔索称她为理想主义者，她问他为什么，“因为每当有人告诉你一件真实但又让你感到震惊的事情时，你总说：‘这是真的，但这样不好。’”艾利安纳心地很好，她总觉得自己像提香画笔下“戴手套的男人”，但别人并不赞同。她的房间里贴满了《戴手套的男人》的复制品。艾利安纳还在读书。她第一次来到“眺望世界之屋”时，说自己很高兴看到这里的人没有偏见。随着时间的推移，她发现这样也没那么方便。没有偏见，也意味着她精心琢磨着说出来的故事很无聊，不论她说什么，他们都会友好而简单地告诉她：“艾利安纳，你真是头蠢驴。”

艾利安纳和诺埃尔进了厨房。雕塑家诺埃尔也是客人，他们在那儿看到从来不以正常姿势下厨的卡特琳娜。只见她躺在那儿，一只手拿葡萄干吃，另一只手开始搅拌蛋黄酱。萝丝穿着一条蓝色大围裙，欣赏着古拉机智地跳到灶台上，开始吃中午的甜食。

“你们相信吗，”萝丝怡然自得地说，“你们相信吗？它居然这么聪明。”

“是啊，”卡特琳娜说道，“它今天又超越了自己。”然后说它今天早上真是越来越聪明了，打碎了绿色小台灯和一个花瓶。

艾利安纳和诺埃尔可能是太气喘吁吁了，没力气表达自己的反感，决定自己拖把椅子来坐，因为没人想着请他们坐下。克莱尔过来了，友善又慵懒地和客人握了握手，并品尝正烧着的普罗旺斯鱼汤。她认为大家可以上桌了。今天梅尔索迟到了，不过这时候，他正巧也来了，滔滔不绝地跟艾利安纳说自己心情多么愉悦，因为街上有好多美女。天气才刚开始转热，但是轻薄的长裙下颤动着的坚挺胴体已经依稀可见。梅尔索说他看着这一切，只感觉口渴难耐，太阳穴跳动着，腰间开始发热。艾利安纳听着他如此精准的描述，羞涩地保持着沉默。餐桌上，最初的几勺普罗旺斯鱼汤下肚后，大家一片惊愕。淘气的克莱尔以一种单纯的语气说："这普罗旺斯鱼汤怎么有一股烧焦的洋葱的味道？"

"才没有。"诺埃尔说道，大家都爱他的善良。

于是，为了考验他的好心肠，萝丝请他为这个屋子添置好些用品，比如浴室的热水器、波斯地毯和冰箱。诺埃尔的回复则是请萝丝祷告，让他中乐透。

"一样要祷告，"现实主义的萝丝说，"我们还不如替自己祷告呢！"

天气很热，冰葡萄酒和即将上桌的水果在厚重的暑气中显得弥足珍贵。喝咖啡时，艾利安纳鼓起勇气，谈论起爱情。她说自己如果爱上了一个人，便会结婚。卡特琳娜却跟她说，爱上一个人的时候，最着急做的事情，不是结婚，而是做爱。她这种唯物主义的观点让艾利安纳大为吃惊。实用主义的萝丝则说，不幸地，若不是经验已经证明了婚姻会杀死爱情，那么她也会认同艾利安纳的观点。

但是艾利安纳和卡特琳娜的想法彼此对立起来，就像人发脾气时，自然就会变成那样。诺埃尔作为雕塑家，向来以形态和黏土的方式思考，他相信女人，相信孩子，也相信具体而厚重的人生的古朴真理。于是，再也受不了艾利安纳和卡特琳娜争吵的萝丝假装突然明白了诺埃尔来了几次的原因。

“我感谢您，”萝丝说，“我很难跟您说清楚这个发现有多让我震惊。我明天就跟我父亲说您的‘计划’，几天后您就能亲自跟他说您的请求了。”

“但是……”诺埃尔本人没太明白萝丝的意思。

“哦，”萝丝亢奋地说，“我明白。您不用开口我就明白您的意思了。您是那种有什么事都不爱说出来的人，就是得让人猜。我也很高兴您能表白，毕竟您这么频繁造访，已经玷污了我清白的名声。”

诺埃尔觉得好玩，但隐约又有些担忧，便说很高兴看到她如愿以偿。

“不用说，”梅尔索说着点燃一支烟，“您的动作得快一点儿了。以萝丝现在的情形，您必须得抓紧了。”

“什么？”诺埃尔一头雾水。

“我的天，”克莱尔说，“才两个月而已。”

“而且，”萝丝温柔又果断地说，“到了您现在的年纪，您应该乐于从别的孩子身上看到自己的影子了。”

诺埃尔皱起了眉头，克莱尔好心地说：“开个玩笑而已。淡定。我们去客厅吧。”

关于原则的讨论就这么告一段落了。然而，默默行善的萝丝还在轻声对艾利安纳说着什么。客厅里，梅尔索站在窗边，克莱尔站在桌前，卡特琳娜则躺在席垫上，其他人坐在沙发上。市区和港口弥漫着浓浓的雾气。但那些拖船又开始重新作业，它们低沉的呼声一路传送到这里，伴随着柏油和鱼的气味，以及最下方红色和黑色的船只、生锈的缆桩和黏滑海草缠绕的锁链的气味，唤醒了下面的一切。那是一种阳刚的、兄弟般的呼唤，来自一种有着力量况味的生命，这呼唤天天如此，这里的每个人都能感受到来自它的诱惑或是直接的呼唤。艾利安纳感伤地对萝丝说："说到底，你和我一样。"

"不，"萝丝说，"我只想要快乐，而且越快乐越好。"

"爱情并不是唯一的途径。"梅尔索头也没回地说。

他很喜欢艾利安纳，生怕像刚才那样惹她难过。但他能理解萝丝想要快乐的心情。

"这种理想可真是平庸。"艾利安纳说。

"我不知道这是不是一个平庸的理想，但至少这是个健康的理想。这样说，你看……"梅尔索没有继续说下去。萝丝微微闭上了眼睛。古拉一下跳到她的膝盖上，她一边缓缓地抚摩着猫的脑袋，一边预想着这桩秘密的婚事，半眯着眼睛的猫和微闭着眼睛的萝丝都将以相似的眼神看到一个相似的世界。在拖船的阵阵呼唤声中，大家各自陷入了沉思。古拉窝在萝丝的腰窝里，萝丝任由它愉悦的呼噜声向自己扑面而来。热气压住了她的双眼，她沉浸在只有血流声的寂静之中。整个白天，猫总是在睡觉，从第一颗星星出现到黎明破晓则是在做爱。它们的情欲很浓烈，它们的梦境很沉静。它们也知道这个躯壳有个灵魂，但灵魂毫无用处。

“是的，”萝丝睁开眼睛说，“要快乐，越快乐越好。”

梅尔索想着露西安娜·海纳尔。他刚刚说街上很多美女的时候，其实特别想说其中的一个女人很美。他是在朋友家里遇到的她。上周他们一起出去约会，因为没什么事可干，在那个温暖美好的早晨，俩人便沿着港口的大街散步。她一路上没怎么开口，梅尔索送她回家的时候，意外地发现自己握着她的手久久没有松开，看着她微笑。她身材高挑，头上没有戴帽子，脚上穿着双凉鞋，身上穿着一件白麻洋装。他们在大马路上散着步，微风拂面而来。她把整个脚底贴在暖热的石板地上，以此为着力点，轻盈地迎风蹬步向前。做这个动作的时候，她的洋装紧贴着她，勾勒出她平坦紧实的腹部。她的金发迎风飘扬，小巧挺直的鼻子，曼妙的乳房曲线，仿佛让她与大地建立起某种神秘的契约，使得周围的一切都要听她指挥。她的右手戴着一根银手链，同时挽着包包，手链和包包的搭扣发出咔咔声。当她把左手举到头顶遮挡阳光，右脚尖仍在地面却即将离地的时候，他感觉她的姿态仿佛已经和整个世界相连了。

就在这时，他感觉到一种神秘的默契，让他的脚步和露西安娜的脚步保持一致。他们一起走得很顺，他不需要特别费力配合。这种神秘的默契可能来自于露西安娜的平底鞋。他们各自的步伐，在大小和柔软度上又有着相同的部分。梅尔索注意到此时露西安娜的沉默和脸上拘谨的表情。梅尔索觉得她大概不太聪明，然后暗自窃喜。欠缺一种精神性的美，其实是一件神圣的事情，梅尔索比任何人都知晓其中的奥秘。这一切使他在说再见时对露西安娜的手指依依不舍，使他经常再去找她，和她以相同的安静步伐一起漫步，一起把晒成褐色的脸面对着太阳或者星辰，一起去游泳，让彼此的姿势和步伐变得一致，除了彼此的身体，其余什么都不交流。直到昨晚，梅尔索再次在露西安娜的嘴唇上遇到了令他震惊又熟悉的奇迹。到目前为止，她依偎着他衣服的样子令他心动，她挽着他手臂跟着他走的样子令他心动，是这份放松和信任触动了他内心的那个男人。还有她的沉默，让她完全处在当下的举动中，让本来就一举一动严肃得像猫的她更像猫了。昨天，晚餐之后，他和她一起去河堤散步。过了一会儿，他们在大马路的斜坡旁停了下来，露西安娜滑向了梅尔索。夜色中，他感受到手指下冰冷而立体的脸颊以及温热的双唇，他让手指沉浸在这种温暖之中。于是，对他而言，这犹如一声漠然又炽热的强大呐喊。他面对着星星满到要爆裂的夜空，还有城市，犹如一片倒置的天空，满载着人世间的光芒，城市上方深沉的热腾腾的气息从港口飘向他的脸。他突然渴望起有温度的源头，想要义无反顾地在这双生机盎然的嘴唇上掳获这个无情而沉睡的世界的所有意义，仿佛那是藏在她嘴里的一片静谧。他俯身，结果感觉自己吻了一只小鸟。露西安娜呻吟着。他啃咬着她的唇，在几秒之间，他们嘴贴着嘴，他吸进了这份温度，随着它遨游，仿佛他把整个世界紧紧拥在怀里。她则像是溺水了一般，紧紧抓着他，时不时试图跳出这个她刚刚跳进去的深渊，于是她推开他的唇，随即又拉回来，再度坠入冰冷黑暗的水里，而那水又像众神一般令她沸腾燃烧。

……但是艾利安纳已经准备离开。梅尔索即将在房间里沉思着度过一个漫长的下午。晚餐时，所有人都静默不语，但都有默契地移到了露台上。一天天就这么过着。清晨的海湾在雾气和阳光下闪闪发亮，到了夜晚还是非常暖和。太阳从海面升起，又在山峦背后落下，因为从大海到山丘，只能经由天空这么一条路。世界永远只说一件事情，它先让人好奇，然后又让人厌倦。但总有那么一刻，它终于因为不停重复而获胜，也终于因为锲而不舍而获得奖赏。“眺望世界之屋”的每个日子，是以笑声和简单举止编织而成的华丽布匹，就这样结束在布满星光的夜空下的露台上。大家各自躺在长椅上休息，卡特琳娜坐在矮墙上。

炽热又隐秘的天空，闪耀着夜色幽暗的脸庞。一些亮光闪过远处的港口，火车的呼啸声间隔得越来越长。星星变大又衰弱，消失又重生，彼此勾勒出转瞬即逝的图像，又重新连结出新的图形。寂静中，黑夜又一次变得厚重又结实。漫天尽是游移的星星，任由眼睛享受这场光影游戏，直到泪眼朦胧。每个人都沉浸在深邃的天空里，在这个一切巧妙汇合的极点，重拾了那构成人生中一切孤独的隐秘又温柔的思绪。

卡特琳娜顿时被爱闷得喘不过气，只能长叹一声。梅尔索感觉到她的音调变了，却问：“你们不冷吗？”

“不冷，”萝丝说，“何况这里这么美。”

克莱尔站了起来，双手放在墙头上，面向天空。就在世间最原始且高贵的一切面前，她把自己的人生和欲望混为一谈，并将她的希望与星星的移动交融在一起。她忽然回过头来，对梅尔索说：“日子好的时候，要对人生有信心，这样才能逼着它好好回应。”

“是的。”梅尔索没看她，应和道。

一颗星星划过天际，在她身后，在越发黑暗的夜色中，远处一座灯塔的光束愈发扩大。几个人默默攀爬着小路，可以听到他们的脚步声和用力喘息的声音。很快，飘来一阵花香。

世界只说一件事。从星星到星星之间耐心的真相中衍生出一种自由，让我们得以从自己和其他人中解脱出来，一如那从死亡到死亡之间的耐心真相一样。于是梅尔索、卡特琳娜、萝丝和克莱尔体验到了他们遁世隐居所产生的快乐。如果这一夜就像他们命运的象征，那么他们会希望它既肉欲又隐秘，希望它脸上既有泪水又有阳光。他们痛苦又喜悦的心，能听懂这通往快乐的死的双重课业。

时间很晚了。已是午夜。在这个宛如世界的休憩与沉思的夜晚面前，一股无声的膨胀和一阵星星的呢喃，预示着即将到来的苏醒。从满装着星辰的苍穹，降下一道颤动的光芒。帕特里斯望着他的朋友：卡特琳娜蹲在墙头上，头往后仰；萝丝躺在一张长椅上，双手平放在古拉身上；克莱尔直挺挺地靠着墙壁站立，饱满的额头上有块白斑。这些年轻人，有能力让自己快乐，交换各自的青春又保留自己的秘密。他走向卡特琳娜，越过她那有阳光跳跃着的肩膀，望向浑圆的天空。萝丝来到墙边，四个人都站在世界面前。仿佛忽然变得清凉的深夜露水将他们眉间的孤独痕迹洗去，让他们得以从自我解脱，透过这个颤动而短暂的洗礼把他们还给世界。在这个天空溢满了星辰的时刻，他们的举动凝结在天空沉默的巨大脸庞上。梅尔索向夜伸出双臂，挥手时撩起一束星星，天空之水被他的手臂拍打着，阿尔及尔在他的脚下，在他们四周，宛如一袭镶着宝石和贝壳的闪烁又晦暗的大衣。

第四章

清晨，梅尔索的车子开着灯在沿海公路上行驶。在离开阿尔及尔的时候，他追上并超越一辆辆送牛奶的货车，那由热汗和马厩混合出的马匹的气味，使清晨的凉意愈发清晰。天还很黑。最后一颗星星缓缓在天空融化，黑暗中发亮的公路上，他只听到引擎野兽般快乐的声音和稍远处偶尔传来的马蹄声，还有牛奶罐头碰撞而发出的哐啷声，直到在一片漆黑的公路上，他的车灯照亮马蹄上闪闪发亮的四个铁蹄。接着，一切又被加速的声音所掩盖。他加快了车速，黑夜旋即转为白昼。

车子在阿尔及尔山峦间一路穿过黑夜，来到一条临海的开阔公路上，天已然亮了。梅尔索的车子飞速奔驰着，被露水打湿的路面放大了车轮如通风口排气的微弱声音。每次经过弯道，一阵刹车便使轮胎尖叫，而在直线道上，低沉的隆隆加速声短暂地盖过了从下方沙滩上传来的海浪声。人在开车时所感受到的孤独，只有坐飞机时才能与之匹敌。梅尔索完完整整地和自己相处，精确的动作让他满足，他在自己身上找到一种归属感，能够回归自己在做的事情。白昼已经大肆展露在路的尽头。旭日从海面升起，刚才仍然空旷荒凉的路边田野此刻也随之苏醒，满是展开红色翅膀的鸟儿和飞虫。偶尔有农夫穿过田野，而急速行驶的梅尔索脑海中只记得一个背着袋子的身影，踏着沉重的步子，走在肥沃多汁的土壤上。车子有节奏地将他带往能俯瞰大海的山坡上。山坡变得越发凸显，刚才还只是逆着光晦暗不清的剪影，现在正迅速向他扑来，细节部分也变得清晰可见。忽然呈现在梅尔索眼前的山坡，满是橄榄树、松树和涂了灰泥的小屋子。接着，另一个弯道把车子抛向大海，大海的涨潮涌向梅尔索，就像一份充满海盐、淡红色和睡意的献礼。于是，车子继续在公路上呼啸，前往其他山坡和总是一成不变的海岸。

一个月前，梅尔索和“眺望世界之屋”告别。他打算先旅行一阵子，然后再在阿尔及尔一带找个地方定居。几个星期后，他回来了，他知道从今以后，旅行对他而言会成为一种奇怪的生活：更换环境在他看来只是一种不安的快乐。而且他也感受到一股晦涩的疲惫。他迫不及待想实现之前的计划——在距离蒂帕萨废墟几千米的舍努瓦购买一座依山傍海的小房子。到了阿尔及尔，他把自己人生的外在场景布置好。他买了不少德国医药产品的有价证券，聘请了一名经理人管理这笔生意，因此有了不用待在阿尔及尔的正当理由，并能过上自给自足的生活。投资的回报差强人意，他偶尔入不敷出，但也毫无愧疚地把这笔收入贡献给他那极致的自由。的确，只需要把世界能理解的一面呈现给世界即可。剩下的交给懒惰和懦弱就行了。只要几句廉价的倾心话，就能换来无拘无束的生活。接着，梅尔索开始安排露西安娜的生活。

她没有父母，一个人生活，在一家煤炭公司担任秘书，经常吃水果，也经常做些运动。梅尔索借书给她。她还书的时候也不多说什么。他如果问起，她便说："是啊，不错。"或者说："这书有点儿伤感。"他决定离开阿尔及尔的那天，提议她和他一起生活，但要她仍然住在阿尔及尔，不用工作，等他需要她的时候再去找他。他说得相当诚恳，免得露西安娜感觉受到侮辱，这其中本来也没有任何侮辱之意。露西安娜经常通过身体来感知她的精神所无法了解的。她接受了。梅尔索又说："如果你愿意的话，我可以承诺娶你。但我觉得这似乎也没什么必要。"

"就按你的意思来吧。"露西安娜说。

一个星期之后，他娶了她，并准备出发。在这期间，露西安娜替自己买了艘橘色独木舟，好去蓝色的大海上漂流。

梅尔索猛地一转方向盘，躲开了一只早起的母鸡。他思考着和卡特琳娜的一段对话。离开的前一天，他离开"眺望世界之屋"，一个人去旅店过了一夜。

当时刚过中午，因为上午下了雨，整个海湾就像一面洗涤过的玻璃窗，而天空就像刚洗过的清新衣物。正前方，海湾曲线尽头的岬角显得无比皎洁，被阳光照得金黄，像是一条夏季的大蛇躺在海面上。梅尔索整顿好行李，现在，他把手臂靠在窗框上，热切地望着这个世界的新生。

“既然在这里很快乐，我不明白你为什么要离开。”卡特琳娜对他说。

“我害怕被人爱，小卡特琳娜，这样我就不能快乐了。”

卡特琳娜窝在沙发上，头微微低着，用她那深邃的眼神望着梅尔索。他头也没回地说：“很多人把生活弄得很复杂，想要安排自己的命运。我就很简单。你看……”

他对着世界说话，卡特琳娜觉得自己被遗忘了。她望着梅尔索倚着窗框的手臂末端垂着的修长的手指，望着他重心放在一侧臀部的站姿，以及她看不到但能猜想到的迷茫眼神。

“我想要说的是……”她说着便沉默下来，望着梅尔索。

趁着风平浪静，一些小帆船开始出现在海面上。它们驶上航道，展开风帆占满了航道，又忽然把驰骋的方向转向外海，在身后留下一道气流和水流，绽放成长长的颤动着的泡沫。从卡特琳娜所在的位置，海面上前进的帆船，看起来像一群白鸟从梅尔索四周飞起。他似乎感受到了卡特琳娜的沉默和凝望。他转过来，牵起她的双手把她拉向自己。

“不要放弃，卡特琳娜。你身上拥有那么多东西，尤其是最高贵的那个，就是快乐感。不要只等着男人来给你人生。太多女人就是错在这一点。要学会只指望你自己。”

“我没有什么可抱怨的，梅尔索。”卡特琳娜搂着梅尔索的肩膀，温柔地说道，“此刻只有一件事情是重要的。好好照顾你自己。”

于是，他感觉到自己的笃定是多么脆弱。他的心出奇地干涸。

“你现在不该说这话。”

他拎起行李箱，从陡峭的楼梯走下去，从一片橄榄树林走到另一片橄榄树林。前方等着他的只有舍努瓦的那片废墟和苦艾森林，一份既没有希望也没有绝望的爱情，伴随着一股醋酸和花香的人生回忆。他回头看，卡特琳娜站在那上方，一动不动地望着他离去。

不出两个小时，梅尔索已经看到舍努瓦地区。此刻，从舍努瓦延伸至海里的山坡上，仍能看见黑夜的最后几抹紫色光晕，山顶已经被红色和黄色的光照亮。仿佛此处有来自萨赫勒地区雄壮而厚实的土地，其轮廓描绘在天际，形成这头肌肉健硕的野兽的背部，它从这高处潜入海中。梅尔索买的房子位于最末一区的山坡上，距离海边有百来米，现在已经沉浸在金黄色的暖意之中。房子在底层之上只加盖了一层，而在二楼这一层，仅有一个房间及其附属隔间。但这个房间很宽敞，有窗户朝向庭院，并有很漂亮的大窗户和临海的阳台。梅尔索迅速上楼。海面上已经开始出现水汽，海蓝色也变得深邃，阳台上暖红色的瓷砖也变得灿烂明亮。抹了灰的栏杆矮墙上，爬着一株极美的初开的蔷薇花。蔷薇是白色的，全然地盛放在海面上，坚实的花瓣有一种饱满丰盈的感觉。楼下的房间里，有一间朝向舍努瓦的山坡，山坡上长满了果树，另两个房间则分别面对花园和大海。花园里，两棵松树将巨大的树干伸向天空，仅顶端覆盖着泛黄和绿色的松叶。从屋里往外看去，只能看到夹在两棵树干之间的空间和树干之间大海的曲线。至少此时，海面升起微渺的水汽，梅尔索望着水汽从一棵松树游移至另一棵松树。

他要在这里生活。这个地区的美想来是让他心动了。他也是为了这个，才买下了这栋房子。可是原本期望在这里得到的休息，如今却让他害怕。现在当一切都摆在他眼前的时候，他如此清楚并坚持寻觅的那份孤独，却比他想象中的令人不安。村庄并不远，大概几百米的样子。他出门。一条小路通往海边。踏上小路的时候，他第一次发现，海的另一边可以望见小成一个点的蒂帕萨。在这小点的末端，可以见到神庙金黄色柱子的轮廓，旁边是破败的废墟，四周苦艾草丛生，远远看去像是铺在地上的灰色羊毛。梅尔索心想，六月的夜晚，晚风应该会把吸饱阳光的苦艾草香气从海的另一边送来舍努瓦。

他必须在这里定居下来，然后整理屋子。最初的几天过得很快。他把墙壁刷上灰泥，去阿尔及尔买壁纸，重新牵设电线。除了去镇上餐馆用餐，或去海边游泳，白天他都在忙碌中度过。在这种劳碌之中，身体的疲惫令他精神涣散，他甚至忘了自己为什么来这里，只感到腰间像被人掏空了，腿也累到僵硬，担心着某处还没有粉刷，或是走廊上某条线路坏了。他睡在旅馆，慢慢认识镇上的人：周日下午来打俄式撞球和乒乓球的几个男孩（他们来打了一整个下午的球，却只消费了一杯饮料，老板为此非常不爽）；晚间来海滨公路散步的几个女孩（她们手挽着手，说话咬字的时候最后一个音节有点儿像唱歌）；独臂渔夫佩雷兹，他负责供鱼给旅馆。他也在这里认识了镇上的医生贝尔纳。但屋内一切整顿完毕的那天，梅尔索把家当一点一点搬进去，慢慢地回过神来。当时已是傍晚。他在二楼的房间，窗外，两个世界争夺着两棵松树之间的空间。在其中一个几乎透明的世界里，星星越来越多。在另一个更为厚实也更为黑暗的世界，一股隐秘的水流涌动着，暗示着大海的存在。

到目前为止，他和大家都处得不错，结识了来给他帮忙的工人，还与咖啡馆老板闲聊。但是今晚，他意识到自己再也没有什么人要见，也意识到自己终于面对着期盼已久的孤独。自从他意识到自己不用再见任何人，第二天的迫近就显得无比可怕。不过他说服自己相信，这正是他想要的：只有他独自面对着自己，而且一直这样，直到自己将自己耗尽为止。他决定要抽烟并思考直到深夜，但刚近十点，他就困了，便去睡了。第二天，他起得很晚，快十点了才起，弄完早餐没有洗漱便先吃了。他觉得有点儿倦怠，没刮胡子，头发也乱蓬蓬的。吃完后他没去洗澡，反而是在各个房间里溜达，翻阅杂志，最后很高兴地发现墙上有个松动的开关，于是着手修复。有人敲门。是旅馆的小男孩替他送午餐，这是他昨晚就安排好的。因为懒，他直接就这样用餐了，虽然没什么胃口但也照吃不误，免得菜凉掉，然后他躺在楼下沙发上抽烟。他醒来时很生气自己居然睡着了，这时候已经四点了。

于是他开始洗漱，仔细刮胡子，还换了衣服，写了两封信，一封给露西安娜，一封给那三个女大学生。天色很晚了，夜幕已经降临。不过他还是跑去镇上寄了信，而且没见任何人就回来了。他来到楼上的房间，走到露台上。大海和黑夜在沙滩和废墟上谈着话。他思考着。一想到一天就这么荒废了，他就很不高兴。至少这个晚上，他本想工作，想做点什么的，看看书，或者去夜色中走走。院子的栅栏门发出嘎吱声。有人来给他送晚餐。他饿了，狼吞虎咽地吃了起来，感觉好像没法出门了。他决定在床上多看一会儿书。但他的双眼在开头几页就闭上了。第二天，他又很晚才醒来。

接下来几天，梅尔索试图对抗这种侵袭。每天都被栅栏的嘎吱声和无尽的香烟充斥着，日子一天天过去，一种焦虑让他看出——促使他过这种生活的举动和这种生活本身，这两者之间不成比例。一天晚上，他写信请露西安娜过来，就这样打破了他如此期待的孤独。信寄出去以后，他内心隐隐感到羞愧。可当露西安娜真的到来时，这份羞愧便化为了一种傻气又局促的喜悦，这喜悦占据了他整个人。他终于又见到了一个熟悉的人，她的到来为他带来一种轻松的生活。他鞍前马后地照顾她，露西安娜有点儿惊讶地看了看他，但最担心的总是自己烫得很平整的白色麻质洋装。

于是，他去了乡下，但是和露西安娜一起。当他把手放在露西安娜肩上时，他又一次感受到自己和世界的默契。他躲进了男人的身份里，因而逃避了自己内心隐隐的恐惧。然而两天后，他就厌倦了露西安娜。偏偏她选择在这时候提出要和他一起生活。他们当时正在吃晚餐，梅尔索眼睛盯着盘子，头也没抬地拒绝了。

一阵沉默之后，露西安娜平静地说："你不爱我。"

梅尔索抬起头，她眼中已经满是泪水。他态度软下来："可我从来没说过我爱你呀，孩子。"

"的确，"露西安娜说，"正因为这样。"

梅尔索站起来，走向窗边。两棵松树之间，夜空满是星斗。或许梅尔索心中从来不曾像现在这样——充满了焦躁，同时又对过去的几天如此反感。

"你很美，露西安娜。"他说，"我没有长远的计划。而且我也对你没有任何要求。这样对我们来说已经足够。"

"我知道。"露西安娜说道，她背向梅尔索，用餐刀末端刮着桌巾。他走到她身边，搂住她的脖颈。

"相信我，没有所谓的痛彻心扉，没有所谓的悔不当初，也没有所谓的刻骨铭心。一切都会被遗忘，哪怕是伟大的爱情。这是人生中既令人难过又让人兴奋的部分。只有一种看待事情的方式，它时不时会浮现。所以说，人生中如果有过炽热的爱情，有过不幸的一腔热情，到底还是好的。当我们被没来由的绝望压得喘不过气时，它至少是一种慰藉。"

过了一会儿，梅尔索思考了一下说："我不知道你能不能理解我。”

“我觉得我理解。”露西安娜说着，突然扭头看他，“你不快乐。”

“我会快乐的，”梅尔索语气激烈，“我必须快乐。这样的夜，这片海，抚摩着这样的脖颈，我必须快乐。”

他把头转向窗户，手用力握住露西安娜的脖颈。她沉默。

“至少，”她终于开口，并没有看向他，“你对我有一点儿友谊吧？”

梅尔索在她身边跪下，咬她的肩膀。“友谊，有啊，就像我对夜也有友谊。你让我的眼睛里有了喜悦，你都不知道这份喜悦在我心中的分量。”

第二天，她离开了。第三天，梅尔索始终无法和自己相处，于是开车去了阿尔及尔。他先开车去了“眺望世界之屋”。他的女朋友们答应当月月底就去看他。然后他先去看看以前住过的街区。

他的房子租给了一个咖啡馆老板。他到处打听那个箍桶匠的下落，但没有人知道。大概是去巴黎找工作了。梅尔索四处转悠。餐馆老板塞莱斯特老了一些，倒也不算很多。勒内一直在那儿，仍然患着肺结核，仍然神情严肃。大家都很高兴再见到梅尔索，这场重逢让他很感动。

“哦！梅尔索，”塞莱斯特对他说，“你一点儿没变。还是老样子，哦！”

“是啊。”梅尔索说道。

这种奇特的盲目，梅尔索觉得很有意思：人们明明对自身的变化观察细微，但对朋友的形象，却是一旦认定了就很难改变。对他来说，别人是以过去的他来认定他的。就像狗的个性并不会改变，人心目中的别人便和狗一样。而即使塞莱斯特和勒内等人对他如此熟悉，现在他对他们而言，也变得犹如一颗无人居住的星球一般陌生而封闭。不过他与他们道别时，内心还是怀着友谊。他从餐馆出来的时候，遇到了玛尔特。一见到她，他便意识到自己已经差不多把她遗忘了，但同时又希望遇到她。她依然拥有那张画中女神一般的脸。他默默地渴望着她，但心意并不坚决。他们一起散步。

“哦，帕特里斯，”她说，“我真高兴。你怎么样了？”

“也没什么。我住在乡下。”

“那很棒啊。我一直向往住到乡下去。”

沉默了一会儿之后，她说：“你知道，我不怪你。”

“是啊，”梅尔索笑着说，“你找到别的怀抱了。”

结果玛尔特的语气突然变了，这是他以前从来没见过的。

“别这么说话，行吗？我早就知道这一天总会来的。你真是个奇怪的家伙。而我当时只是个小女孩，就像你说的那样。所以事情发生的时候，我当然很生气，你明白的。但最后我心想，你不快乐。真有意思，不是吗，我也说不太清楚，但这是第一次，我们之间的事情让我又悲伤又快乐。”

梅尔索惊讶地望着她。他突然回想起来，发现玛尔特其实一直对他很好。她一直全然地接受他，并帮他消减了很多孤独。他对她太不公平了。他的想象力和虚荣赋予她过高的价值，他的骄傲却没给予她充足的价值。他觉得这真是个残酷的悖论，对于我们所爱的人，我们总是有着双重的误会，先是对他们有利的误会，然后是对他们不利的误会。他今天才明白，玛尔特是以平常心对待他，她以前所呈现出的，便是原本的她，而基于这一点，他亏欠她很多。此刻天空飘着极细的小雨——只能氤氲出街上的光线。在一滴滴的光斑和雨水之中，他看到玛尔特突然变得严肃的脸，他顿时感到一种难以言喻的绵绵不绝的感激，换作别的时候，可能会被他当作一种爱意。但他却只蹦出可怜的几个字："你知道，我挺喜欢你的。我现在依然挺喜欢你的，如果有什么我能做的……"

她对他微笑着说："不用，我还年轻。我不会牺牲自己的，你知道。"

他点头。他们之间多么遥远，却又有一种隐秘的默契。他在她家门口和她分开。她撑开伞，对他说："我希望我们还能再见面。"

"我也希望。"梅尔索说。玛尔特脸上露出一种苦涩的微笑，梅尔索继续说道，"哦，你看，你的表情看起来像个小女孩。"

她躲到门廊下，把伞收起来。梅尔索向她伸出手，也微笑着："再见了，表象。"她飞速地握了握他的手，突然亲了亲他两侧脸颊，然后跑上了楼。梅尔索独自待在雨中，还能感觉到玛尔特冰冷的鼻尖和她温热的嘴唇。这个突如其来且淡然的吻，完全就像维也纳那个长着雀斑的妓女的吻那么纯真。

但他还是去找了露西安娜，在她家过夜，第二天又请她陪自己去大马路上散步。他们去的时候已经接近中午。一些橘色的小舟暴晒在太阳下，像是切成四片的橙子。鸽子和它们的影子双双飞翔着，往码头俯冲下去，很快又以缓慢的弧线上升。明艳的阳光温柔地加着温。梅尔索望着红色和黑色的汽船缓缓从航道出发，加速，再猛地转向海天一色处那泡沫般的光芒。对送别的人来说，所有的离别中都有种苦涩的甜蜜。"他们真幸运。"露西安娜说。"是啊。"梅尔索说，但他心想着"不是"——或者至少他不渴望这种幸运。对他而言，重新开始、再出发、开展新生活仍然是有吸引力的。但他知道，能借此获得快乐的，只有懒惰无能的人。快乐意味着有选择，而在此抉择里，还要有一份协调的、清醒的意志。他记得扎格尔斯说过："凭的不是放弃的意志，而是追求快乐的意志。"他的手臂搂着露西安娜，手掌栖息在她温热柔软的胸脯上。

当天晚上，梅尔索开车回到舍努瓦，面对着满溢的海水和忽然显现的小山丘，内心感到一片寂静。通过模拟某些崭新的开始，通过思考自己过去的人生，他在内心确认了自己想要和不想要成为的人。他为这几天以来的分心感到羞愧，他认为这种日子危险但必要。他大可沉溺其中，就此错过唯一的选择。但尽管如此，也必须要去适应一切。

梅尔索开着车，让这真理由内而外地填满自己，这真理让人感到羞辱，却又是无价的，这是他所寻觅的那种独特的快乐，这种快乐的前提是早起、规律地游泳和有意识地保持卫生。他把车开得飞快，决定利用这股冲劲开启一段新的人生，之后不需要再费力，就能让自己的呼吸和时间与人生的深沉韵律相契合。

第二天一早，他便早早起床去海边了。天色已经完全亮了，空中满是叽叽喳喳拍打着翅膀的鸟群。但太阳才正要从海平线升起。当梅尔索进入还没有被照亮的海水里，他感觉自己好像游在一个昏暗不明的黑夜里，直到太阳终于升起，他的手臂潜入泛红又冰冷的金色水流中。这时候，他起身回到家中。他感到身体很警醒，准备好迎接任何事情。接下来的几天，他在天蒙蒙亮的时候就去海边。这一个举动便决定了接下来的一整天。这样去游泳让他疲惫。但是与此同时，游泳带给他的疲惫感和元气，又让他一整天都有一种快乐的放纵又慵懒的感觉。然而他感觉每一天都变得更漫长了。他的时间观念还没有摆脱旧时标示记号的残余习惯。他平日没什么可做的，所以他的时间无限延长了。每一分钟又恢复了它奇迹般的价值，但他还没有这样去看待它。旅行时，从这个周一到下个周一，日子像是永无止境，而在办公室的时候，日子却过得像闪电一般猝不及防，他依然在试图找回那些已经不复存在的依靠，尽管它们在这种新生活中已经没什么用了。有时候，他拿起手表，看着指针从一个数字移动到另一个数字，不禁感叹五分钟感觉起来是多么无穷无尽。想必这只手表为他打开了通往无所事事的最高境界的坎坷痛苦之路。有时候，下午，他沿着海滩一路走到另一端的蒂帕萨废墟，然后躺在苦艾草丛里，手放在一块温暖的石头上，向这片宏伟得叫人难以承受的温热天空打开自己的双眼和心扉。他调整自己的脉搏，顺应两点钟太阳的剧烈跳动，他身处各种原始气味和昏昏欲睡的虫鸣音乐会中，看着天空由白色转为纯净的蓝色，很快又转为绿色，并把它的柔情蜜意倾注在仍然温热的废墟上。然后他早早就回家睡觉了。在从一个太阳奔赴另一个太阳的途中，他的每一天出现了一种规律的节奏，这节奏缓慢而奇特，对他而言变得不可或缺，就像从前的办公室、餐馆和睡眠。不管是两者中的哪一个，他自己其实都没有清醒地意识到。至少，在他心神清醒的时刻，他感觉时间是属于他的，并感觉到在大海从红色转为绿色的短暂时刻，每一秒都为他展现出某种永恒。这并不是一种超越人世的快乐感，他并没有从每日的日常之外找到所谓的永恒。快乐是属于凡人的，永恒也在日常。重点是要懂得谦卑，要懂得让自己的心顺应每天的节奏，而不是非要每天的节奏顺应自己的心意。

就像在艺术上需要懂得适时收手，一件雕塑作品总有某个时刻不该再被雕琢，对艺术家而言，刻意地不求聪明，反而比最天马行空的睿智来得更有益。在人生中也需要同样的一种最低限度的无知来完善人生的快乐感。没有这种最低限度无知的人，需要自己去赢得它。

除了每天的日常，星期天梅尔索会和佩雷兹一起打桌球。佩雷兹只有一条手臂，他的另一条手臂断在手肘上方。他打起球来有些奇怪，上身拱起，用断臂夹着球杆底部。他早上出海捕鱼时，梅尔索总是很佩服这位老渔夫能娴熟地用腋下夹着左船桨，站在小船上，侧着身子，用胸膛划一把船桨，用另一只手划另一把。两人很合得来。佩雷兹会做辣酱乌贼。他用乌贼本身的汁液把乌贼炖熟。梅尔索和他一起，两人在佩雷兹的厨房里，用面包直接从一个积着油腻污垢的锅子里蘸着又黑又烫的酱汁吃。而且，佩雷兹总是沉默寡言，梅尔索很感谢他竟有本事如此安静。有时候，早上游完泳后，梅尔索见佩雷兹准备出海打鱼。他便上前询问："我可以和您一起去吗，佩雷兹？"

"上船吧。"佩雷兹回答。

他们便把桨分别放在两个支点，一起划动，并留心别让脚缠到延绳的钓钩（至少梅尔索是这样的）。接着他们开始钓鱼，梅尔索监视着各条鱼线，它们在水面上闪着光，而在水面下，则在黑暗中颤动。阳光在水面被切成千万个小碎片，梅尔索吸到一股沉重而令人窒息的气味，仿佛一股从大海升腾起来的呼吸。有时候，佩雷兹钓到一条小鱼，便会把它丢回海里，并说："找你妈妈去。"十一点钟，他们收网回家，梅尔索的双手沾满了鳞片，闪闪发亮，脸上晒饱了阳光。回到如地窖般阴凉的家里，佩雷兹则去做鱼，准备两人晚上一起吃。日复一日，梅尔索就像划入水里一样踏入自己的人生。正如只要划动双臂，在水的承载下就能前进一样，他只需要几个关键动作，比如一只手搭在树桩上，或是去海滩上跑一跑，就能让自己保持完整和清醒。他就这样返回到一种纯粹的生活状态，重回到只有最愚笨或者最智慧的生物才能享有的天堂。在心灵否定心灵的阶段，他触碰到自己的真理，也因此触碰到真理极致的荣耀和爱。

亏得贝尔纳医生，他也融入了镇子里的生活。有次他身体不舒适，不得不请贝尔纳医生来家里看诊，他们后来又见过几次面，两人很合得来。贝尔纳很安静，但他有一个苦涩的灵魂，为他玳瑁镜框后的双眼增加了光亮。他曾在印度执业很久，四十岁后隐居到阿尔及利亚的这个角落。几年来，他和妻子过着平静的生活，他的妻子是个几乎不怎么说话的印度女人，头发挽成一个发髻，穿着相当现代的套装。贝尔纳凭着包容的能力，在任何地方都能适应。也就是说，他爱镇上所有人，所有人也都爱他。他带着梅尔索去挨家挨户地串门。梅尔索和旅馆老板已经很熟，老板以前是个男高音，经常在柜台后面唱歌，哼两句《托斯卡》就要揍他老婆一拳。大家请梅尔索和贝尔纳一起担任节庆委员。每到节庆，比如七月十四日国庆或者其他节日，他们便在手臂上挂着红白蓝的三色臂章走来走去，或和其他委员围着一张沾着甜腻的开胃酒酒渍的绿色钢板桌，讨论乐师的表演台四周究竟该以木炭条还是棕榈树枝来装饰。梅尔索甚至差点卷入一场选举纠纷，但他及时认识了镇长。镇长十年来“受居民之托主导大局”

（这是他自己说的），长年以来，他自以为是拿破仑·波拿巴。种葡萄发家致富后，他替自己盖了栋希腊风格的豪宅。他带梅尔索参观了一番，包括底楼和加盖的一层楼。镇长非常讲究，还为房子安装了一台电梯。他让梅尔索和贝尔纳试着搭乘。搭完，贝尔纳心平气和地说："很顺畅。"从这天起，梅尔索便十分欣赏这位镇长。贝尔纳和他用尽了自己的各种影响力，让他稳稳地坐在了这个镇长宝座，他也的确在许多方面都当之无愧。

到了春天，这个位于山海之间，许多红色屋顶紧挨着的小镇遍地都是鲜花：粉红蔷薇、风信子、九重葛，还有遍地的虫鸣。午休时分，梅尔索站在自己家的露台上，望着在灿烂阳光下沉睡而烟雾笼罩的小镇。镇上最为人津津乐道的故事，是莫拉雷斯和宾格斯之间的互相较量。两人都是富有的西班牙殖民者，经过一连串投机而发家，如今两人都已经是百万富翁。从这时候开始，他们竞相炫富。只要其中一人买车，他一定选最贵的。而另一个人买了同款车，就再加装银门把。莫拉雷斯深谙个中之道。大家都称他"西班牙之王"。他在各方面都打败了宾格斯，因为宾格斯缺乏想象力。大战时，宾格斯认购了好几十万法郎公债的那一天，莫拉雷斯昭告天下说："我做得更好，直接把儿子给出去。"于是，他让年纪尚小的儿子入伍当兵。一九二五年，宾格斯从阿尔及尔开了一辆酷炫无比的布加迪跑车回来。十五天之后，莫拉雷斯给自己打造了一个飞机库，并购入一架高德隆飞机。这架飞机至今仍在飞机棚里沉睡，只在周日展示给访客看。

宾格斯每次提到莫拉雷斯，都要说："那个穷鬼。"莫拉雷斯则说宾格斯："那个废物。"

贝尔纳带梅尔索去莫拉雷斯家。在满是马蜂和葡萄气味的广袤果园里，莫拉雷斯毕恭毕敬地接待了他们，但他因为受不了穿外套和皮鞋，只穿了帆布便鞋和衬衫。他们参观了飞机、汽车，还有他儿子裱起来并陈列在客厅里的奖章。莫拉雷斯不停地对梅尔索说，"必须将外国人逐出法属阿尔及尔（他自己已经入籍了），比如说那个宾格斯。"说着又带他们去参观了一项新发现。他们踏入一片占地广袤的葡萄园，中央被理出一块圆形空地。空地上摆放了一套路易十五时期的沙发和茶几，木材和布料全都极其珍贵。这样，莫拉雷斯便能在自己的田地上接待访客。梅尔索礼貌地问，如果下雨怎么办，莫拉雷斯抽着雪茄，眼睛都不眨地说："换了呗。"在和贝尔纳回去的路上，话题都围绕着这位暴发户，说他简直是个诗人。莫拉雷斯在贝尔纳眼中是个诗人。梅尔索则觉得莫拉雷斯像个走向衰亡的罗马皇帝。

过了几天，露西安娜来舍努瓦待了几天又离开了。某个星期天的早晨，克莱尔、萝丝和卡特琳娜如约来看望梅尔索。但是隐居刚开始时那种驱使他跑去阿尔及尔的心境已经离他非常遥远了。不过他还是很开心能见到她们。他和贝尔纳一起去橄榄黄大巴士的客运站接她们。这天天气很好，街上到处都是流动肉贩的漂亮红色货车、繁盛的鲜花以及穿着浅色衣服的人群。在卡特琳娜的要求下，他们在咖啡馆坐了一会儿。她喜欢这种光彩和这样的生活，在她所倚靠着的这面墙后面，她能隐约感受到大海。准备离开的时候，边上紧邻的一条街道里传来一阵令人震惊的音乐。应该是《卡门》里的《斗牛士进行曲》，但太过用力和奔放，使各个乐器都无所适从。“是那个体操社团。”贝尔纳说。不过，他们却看到二十多个陌生的乐师，不停地吹奏着各式各样的管乐器。他们正朝咖啡馆走来，而在他们身后，有个人戴着顶扁草帽，草帽下垫着条手帕，一边还拿广告单当扇子扇，是莫拉雷斯。他从城里雇了这些乐师，然后解释说：“流年不顺，生活太苦闷了。”然后他坐下来，把乐师安排到自己周围，停止了游行。咖啡馆里挤满了人。于是，莫拉雷斯站起来，环顾四周，骄傲地说：“应本人要求，乐队将演奏《斗牛士进行曲》。”

离开的时候，三个姑娘笑得喘不过气来。但是回到家里，房间内的阴凉使映满阳光的墙面显得更洁白明亮，她们又变得沉默，又重拾了一种深刻的默契。这种默契在卡特琳娜身上，便是一种想要去露台上做日光浴的欲望。梅尔索送贝尔纳回家。这是贝尔纳第二次见证梅尔索的私生活。他们之前从未聊过私事，梅尔索知道贝尔纳并不快乐，而贝尔纳则在梅尔索的生活面前感到有些困惑。他们分开时谁也没说什么。梅尔索和朋友们约定，明天一大早四个人一起去爬山。舍努瓦山很高，而且很难爬。想必明天一定是疲惫又充满阳光的美好的一天。

大清早，他们开始攀爬陡峭的山坡。萝丝和克莱尔走在前面，梅尔索和卡特琳娜殿后。大家都不说话。他们慢慢往高处爬，海面上因为晨间的雾气仍然是一片白茫茫。梅尔索也不说话，他整个人融入了长满凌乱短发般秋水仙的山峦、冰冷的泉水、斑驳的光影，以及他那先是同意后又抗拒的身体。他们费力地专注于行走，早晨的清新空气进入他们的肺里，像烧红了的铁，又像带着细倒钩的刀锋。他们聚精会神地爬着，努力超越这斜坡。萝丝和克莱尔累了，放慢了脚步。卡特琳娜和梅尔索超过了她们，不一会儿就将她们远远抛在了身后。

“还好吗？”梅尔索问道。

“还好，这里很美。”

太阳在天际持续上升，随着温度升高，虫鸣声也越来越响亮。没过多久，梅尔索脱掉了衬衫，赤裸着上身继续走，汗水流在被太阳晒到脱皮的肩膀上。他们走在一条沿着山腰往上绕的小路上。他们脚底下的草更湿润了。不久便传来了悦耳的泉源声，在一处凹陷的山壁下，泉水喷射着清凉和阴影，迎接着他们。他们互相泼着水，喝了几口，卡特琳娜在草地上躺下，梅尔索沾湿了的头发颜色变深了，卷曲在额头上。他眨着眼睛，瞭望着眼前满是废墟、闪闪发亮的道路和灿烂阳光的景致。然后，他在卡特琳娜身边坐下。

“趁着现在只有我们俩，梅尔索，告诉我，你快乐吗？”

“你看。”梅尔索说。道路在阳光下隐隐颤动，无数多彩的斑点映入他们眼帘。梅尔索微笑着揉自己的胳膊。

“是啊，但是我想问你，当然，如果你嫌烦也可以不回答。”她犹豫了一下，继续说道，“你爱你妻子吗？”

梅尔索微笑着说：“那不是必要的。”他搂住卡特琳娜的肩膀，一面摇着头，一面用水打湿她的脸庞，“小卡特琳娜，人的错误就在于以为必须选择，必须做自己想做的事情，以为快乐是有条件的。可是，唯一重要的，你知道，只是追求快乐的意志，这是一种巨大的意志，应该始终放在心上。至于其他的，女人、艺术作品或是世俗的成功，都只是借口。那是等着我们去刺绣的空白绣布。”

“是的。”卡特琳娜说，眼中满是阳光。

“我在意的，是有一定质量的快乐。只有当快乐与和它相反的事物呈现出持久而激烈的对质时，我才能够品尝到快乐的滋味。我快乐吗？卡特琳娜！你应该听过那句著名的话：‘如果人生能够重来，那么，我还是会按原来的方式度过。’当然，或许你无法理解这其中的深意。”

“的确不理解。”卡特琳娜说。

“该怎么跟你说呢，孩子，我之所以快乐，是因为我没心没肺。我总是需要离开，需要孤独，让我面对内心该面对的，看清哪部分是阳光，哪部分是泪水……是啊，我拥有凡人的快乐。”

萝丝和克莱尔来了。他们再次拎起背包。小路依然沿着山腰蜿蜒而上，现在将他们带到了一个植物茂盛的地带。几条山路的两侧依然遍布着仙人掌果、橄榄树和枣树。有时，骑着驴子的阿拉伯人迎面而来。他们继续往上攀爬。太阳现在以双倍力量拍击着沿路的每一块石头。到了中午，他们被炎热压得喘不过气，周身芳香袭人，他们已是疲惫不堪。他们丢下背包，放弃攀顶。山坡上都是岩石和火石。一棵瘦弱的小橡树用它圆圆的影子为他们遮阳。他们把口粮从包里拿出来吃。光芒和蝉鸣使整座山颤动起来。热气不断蹿上来，侵袭着橡树下的他们。梅尔索趴在地上，胸口贴着石子，吸进一口灼热的香气。他的肚子感受到仿佛蠕动着的山峦无声的袭击。持续不变的袭击、暖热石子间震耳欲聋的虫鸣，加上原始野外的各种香气，他在其中沉沉地睡去了。

他醒来时浑身是汗，腰酸背痛。应该三点了。孩子们已经不见踪影。没过多久，她们欢声笑语地回来了。热度已经消减。该下山了。就在他们下山的时候，梅尔索第一次感到一阵晕眩。他重新站起来的时候，看到一片湛蓝的海映照着三张焦虑的脸。他们用更缓慢的速度下山。快到山脚下时，梅尔索想休息一下。大海随着天空转成了绿色，从海平面升起一种温柔的感觉。舍努瓦沿着小海湾延伸出去的丘陵上，柏树慢慢陷入幽暗。大家都不说话。直到克莱尔说道："你看起来累了。"

"可能吧，小女孩。"

"你知道，这和我也没关系。但是这个地区对你来说一点儿意义都没有。这儿离海太近了，太潮湿了。你为什么不搬去法国，住到山上呢？"

"这个地区对我来说的确没什么意义，克莱尔，但是我在这儿很快乐。我觉得很和谐。"

“我劝你去法国，是想让你过一种更完整也更长远的生活。”

“谁也不知道快乐的生活会是更长久或是更短暂。只有当下的快乐才是真的快乐。只是一个瞬间，仅此而已。死也不能阻碍什么——它只是一场快乐的意外。”大家都闭嘴了。

“我不信。”过了一会儿，萝丝说道。

他们在逐渐降临的夜色中，缓缓踏上归途。

卡特琳娜兀自决定要去找贝尔纳。梅尔索已经在自己的房间里，从窗玻璃明晃晃的影子上方，能看到栏杆矮墙的白色斑点，大海犹如一块晦暗涌动着的帆布，夜空颜色尚浅，但没有星星。他感到虚弱，但不知道为什么，虚弱反而让他觉得轻松而且神清气爽。贝尔纳来敲门时，梅尔索感觉自己要对他诉说一切。并不是因为秘密压得他喘不过气。这方面他并没有秘密。他之所以到现在始终保留自己的想法，那是因为他知道，有时候这些想法说出来，只能遭遇偏见和愚昧。可是今天，由于一身的疲惫以及埋在心底的真诚，就像艺术家在长时间打磨和修改自己的作品之后，终于有一天觉得需要将它呈现给世人，梅尔索感觉自己非说不可了。虽然也不确定自己是否真的会说，但他还是焦灼地等着贝尔纳。

楼下的房间传来两声清脆的笑声，他微微笑了一下。这时候，贝尔纳进来了。

“怎么样？”他问。

“就这样。”梅尔索回答。

他替梅尔索听诊，但什么都听不出来。但是如果可以的话，他希望梅尔索去照个X光片。

“再说吧。”梅尔索回答。

贝尔纳沉默了，在窗边坐下来。

“我不喜欢生病，”贝尔纳说，“我知道生病是怎么回事。没有什么比生病更丑陋或者更令人讨厌的了。”

梅尔索依然无动于衷。他从扶手椅里站起来，给贝尔纳递了一支烟，自己也点了一支，笑着说：“我能问你一个问题吗，贝尔纳？”

“问吧。”

“你从来不游泳，为什么选择在这个地方隐居？”

“啊，我也不知道。很久以前的事情了。”

过了一阵子，他又说道：“说起来，我以前总是因为气恼而行动。现在好多了。以前，我想要快乐，想做该做的事情，想安定下来，比如在一个我喜欢的国家定居。但是，情感上的期望总是假的，所以该以最容易的方式过活——不要太勉强自己。这听起来有点儿愤世嫉俗。但这也是世界上最美丽的姑娘的观点。在印度，我凡事总是拼尽全力。在这里，我得过且过。仅此而已。”

“是啊，”梅尔索不停地抽着烟，深陷在扶手椅里，看着天花板，“但我不觉得所有情感上的期望都是假的。它们只是不理性而已。总之，我唯一感兴趣的经历，是事事都能如愿。”

贝尔纳微笑着说：“是啊，一个量身定做的命运。”

“一个人的命运，”梅尔索一动不动地说，“只要他用热情与之结合，总是引人入胜的。对于有些人来说，一个引人入胜的命运，总是量身定做的命运。”

“是啊。”贝尔纳说着费力地站起来，凝视了一会儿夜色，稍微背对着梅尔索。

他没有看梅尔索，继续说：“你和我是这个地方唯有的独身的人。我不和你谈你的太太和朋友。我知道，他们只是过客。但是，你好像比我更热爱人生。”他转过身，“对我而言，热爱人生并不在于去游泳，而是以一种令人惊叹的、疯狂的方式生活。不同的女人，不同的奇遇，不同的国家。要行动，要做某些事情。一种炽热而美妙的人生。说到底，我想说……你明白的。”他好像因为太过激动而显得有些惭愧，“我太热爱人生了，不能只靠自然景色来满足。”

贝尔纳收起听诊器，把诊疗包合上。梅尔索对他说：“说到底，你是理想主义者。”

他感觉一切都封存在从出生到死亡的这一刻，一切都以此为依据，且倾注于此。

“你知道，”贝尔纳有点儿忧伤地说，“理想主义者的反义词，是心里没有爱的人。”

“千万别这么想。”梅尔索向他伸出手。

贝尔纳久久地握着他的手。

“只有仰赖巨大的绝望或者巨大的希望而活的人，”他微笑着说，“才能像你这么想。”

“或者两者都这么想吧。”

“哦，我不怀疑。”

“我知道。”梅尔索严肃地说。

贝尔纳走到门口的时候，梅尔索在不假思索的冲动下叫住了他。

“是。”贝尔纳医生回头。

“你会鄙视一个人吗？”

“也许吧。”

“在什么情况下？”

贝尔纳思考着。

“我觉得好像很简单。只要一个人行事都是为利益或者金钱所驱使，我就可能会鄙视他。”

“的确很简单。”梅尔索说，“晚安，贝尔纳。”

“晚安。”

梅尔索一个人陷入了思考。到了现在他所处的阶段，他对别人的鄙视已经无动于衷。但他认出了贝尔纳身上有一些深层次的共鸣，能让他和贝尔纳拉近距离。他感到某部分的自己在批判另一部分，这让他感觉无法忍受。他的行为是否基于利益？他已经体会到一个关键但不道德的真理，金钱是为自己博得尊严最可靠也最快速的一种方式。他已经摈除了所有出身优越的人灵魂中的苦闷——认为好命的人出生和成长的环境，先天具有某种不公正和邪恶性。这是一种黑暗且令人愤恨的诅咒——认为穷人的人生从贫穷中开始，也将在贫穷中结束。他以金钱对抗金钱，以仇恨对抗仇恨，奋力与这种诅咒相抗衡。在这种野性的对抗中，有时候，在凉爽海风的吹拂下，天使也会出现，沉浸在翅膀和光芒的快乐之中，只不过，他对贝尔纳只字未提，他的艺术作品也将永远是个秘密。

第二天下午，差不多五点的时候，孩子们离开了。坐上巴士之前，卡特琳娜回头望向大海。

“再见，海滩。”她说。

过了一会儿，三张笑脸隔着后方的玻璃窗看着梅尔索，然后，黄色巴士宛如一只金色的大昆虫，消失在光亮之中。天空尽管清澈，但也有些压迫感。梅尔索独自一人在路上，感觉内心深处有一种解脱夹杂着哀伤的情绪。直到今天，他的孤独才变得真实，直到今天，他才感觉到自己与它和解。而知道自己接受了这种孤独，知道自己今后的日子将完全由他自己主宰，这令他心中充满强烈的忧郁。

他并没有走大路，而是走了角豆树和橄榄树之间一条绕着山脚的小路。他踩碎了几颗橄榄，发现整条小路上遍布着黑色斑渍。夏末的时候，角豆树让整个阿尔及利亚弥漫着爱的气味，而傍晚或雨后，整片大地仿佛晒足了太阳，进入了休憩，它的肚子被有着苦杏仁香气的种子打湿。整整一天，它们既沉重又有压迫感的气味从高大的树上飘下来。在这条小路上，随着傍晚和松懈下来的大地的叹息，气味变得稀薄，梅尔索的鼻孔几乎闻也闻不到——就像一整个闷热的下午过后，和一个情妇一起上街，她和你肩并着肩，在灯光和人群之中凝视着你。

面对着这爱的气味和被踩碎的浓郁果实，梅尔索明白，这个季节即将结束。漫长的冬天即将到来。但他已成熟得可以迎接它了。从这条小路看不到海，但是山顶可以看到微微泛红的薄雾，预示着傍晚的到来。地面上，一片片的阴影在树荫之间转淡。梅尔索用力吸入那苦涩的香味，它见证了今天晚上他与大地的结合。今天，这样一个夜晚落在这个世界上，落在小路的橄榄树和乳香黄连木之间，落在葡萄藤蔓和红土地上，就在海风轻拂的大海旁，今天这一晚如潮水般涌入他的心中。多少个这样的夜晚，曾经在他心中宛如快乐的承诺，因而今晚对他而言是一种快乐，让他意识到，自己从希望到征服，经过了多么漫长的一条路。他以内心的纯真，接受了这片绿色的天空和这片浸润着爱的大地，凭的是他以纯洁的心杀死扎格尔斯时那相同的热情和欲望的悸动。

第五章

一月，杏树开花了。三月，梨树、桃树和苹果树上开满了花朵。一个月后，溪流的水悄悄地越涨越多，之后又回到了正常水流。五月初，收割牧草，到了月底，收割燕麦和大麦。杏树已经胀满了夏意。六月，最早成熟的梨子已经随着收割期而出现。水源已经开始干涸，热气不断增长。大地的血液在这一头干涸，却在另一头把棉花催开了花，也为最早一批的葡萄注入了糖分。天空刮着很热的大风，把土地都吹干了，也几乎在各地引起火灾。然后，忽然间，一年过了大半。很快，葡萄收获结束了。九月到十一月，大雨横扫大地。雨就这么下着，夏天的播种才刚告一段落，各种播种工作紧接着展开，各条溪水猛然涨起，丰沛地奔涌。到了年底，有些土地上的小麦已经发芽，有些土地才刚犁完土。再过一段时间，杏树再度在冰蓝天空的映照下转为白色。新的一年在大地和天空里继续迈进。烟草已经种下，葡萄已经耕种且已经施肥，果树已经嫁接。同月，欧楂果已经成熟。又到了夏日干草收割和耕耘的时节。年中的时候，桌上多了很多多汁又粘手的硕大水果：无花果、桃子和梨子，人们趁着打麦子的间歇狼吞虎咽地吃着。接下来葡萄收成时，天空被覆盖了，来自北方的椋鸟和画眉黑压压地无声掠过。对它们来说，橄榄已经成熟，不久便是采摘的时候。湿黏的土地上，小麦再度发芽。同样来自北方的层层厚重云朵，从海上和陆地上飘过，如泡沫般扫过水面，让水晶般天空下的海面变得干净冰冷。几天之中，晚间远方还出现无声的闪电。最初的寒意来了。

大概是这个时候，梅尔索第一次卧病在床。胸膜炎几次发作，他没法出门，在房间里待了好几个月。等他终于下床，舍努瓦最近的山坡上的树已经开满了鲜花，一路蔓延到海边。他从来不曾如此细腻地感受过春天。于是，康复后的第一个夜晚，他久久地穿过田地，缓缓走到蒂帕萨沉睡的废墟山丘。在一片充满了天空细致声响的寂静中，夜就像流淌在世间的乳汁。梅尔索行走在悬崖上，整个人沉浸在这一夜严肃的思绪之中。下方的大海轻轻呼啸着，海上看起来满是丝绒般的月色，如野兽般灵动又光滑。此时此刻，他感觉自己的生命好像离自己如此遥远，他是如此孤独，对一切，甚至对他自己都无动于衷。梅尔索感觉自己终于找到了自己一直在寻找的东西，填满他内心的这种平静，来自于他耐心持续的自我放逐，这场放逐的寻觅和完满要归功于这个世界，它热情且毫无怒意地否认他。他轻轻地行走，脚步声显得有些陌生，又或许是熟悉的，那熟悉感就好像野兽在乳香黄连木树丛里的窸窣声、海浪的拍击声，或是天空深处夜的躁动声。他也同样感受到自己的身体，但是凭着相同的外在意识，比如这春夜的暖风吹拂，从海上飘来的盐味和腐烂的味道。他在世间的奔跑、他对快乐的追求、扎格尔斯满是脑浆和骨头的可怕伤口、在“眺望世界之屋”度过的甜蜜而克制的时光，他的妻子、他的希望和他的天神，现在，这一切都在他眼前。但犹如所有故事中最偏爱的一个，这种偏爱并没有明确的理由，既陌生又隐隐感到熟悉，那是一本讨好且印证内心最深处的书，却是别人所写出来的。这是他第一次没有感受到其它现实，只有一股对冒险的热情、对活力的欲望，和与世界连接的一种智慧且诚挚的本能。他没有怒火也没有恨意，所以没有遗憾。他坐在一块岩石上，手指感受到它粗糙的脸庞，他望着大海在月光下无声地膨胀。他回想着他曾经抚摩过的露西安娜的脸庞，想着她微凉的嘴唇。光滑的水面上，月亮宛如一滴精油，映照出无数个游移不定的长长的笑容。海水像嘴巴一样微凉，软绵绵的像是要潜入一个人的身下。梅尔索始终坐着，这时他感觉到快乐离泪水是如此之近，在这整片无声的激昂里，人一生的希望和绝望都交织其中。梅尔索虽然有意识，但又觉得陌生，被激情吞噬又无动于衷。他明白自己的人生和命运就将在这里结束，他今后所有的努力都将与这份快乐相处，并且面对它可怕的真相。

他现在想要潜入暖热的海水里，让自己迷失又重新找到自我，在月色和微凉中游泳，好让内心属于过去的部分闭嘴，并让他快乐的深沉歌声得以催生。他脱下衣服，走下几块岩石，进入海里。海水如一具温热的身体，顺着他的手臂溜走，又以一种难以捉摸却无所不在的拥抱，粘附在他的腿上。他有规律地游着，感受到背部的肌肉有韵律地运动着。他每次举起手臂，都在无垠的海面上挥洒出无数银色的水滴，在静默又生机勃勃的天空面前，犹如一次快乐地收获灿烂的种子。然后手臂再次沉入水中，像一把强劲的犁铧一般耕耘着，把水流一分为二，好从中获得新的倚靠和一份更加年轻的希望。在他身后，随着双脚的拍打，水上泛起泡沫，还有啪啪的水声，在孤独而寂静的夜里听起来格外清晰。他感受到自己的节奏与活力，突然变得异常兴奋，他前进得更快了，很快发现自己已经远离海岸，独自人来到了夜晚和世界的中心。他突然想到自己脚下的海水有多深，突然停下了自己的动作。他身下的一切，宛如一张陌生世界的脸庞，深深吸引着他，那是让他回归自己的夜晚的延伸，是尚未探索过的生活中，水和盐的核心。他心头浮现出一股欲念，但随即被身体的巨大喜悦所摒弃。他游得更用力且更往前。他感到美妙的倦怠，他即将回到岸边。就在这时，他忽然被卷入一股冰冷的水流，不得不停下来，他牙齿打着颤，手脚僵硬。大海的这波惊喜，令他叹为观止；这阵寒意侵入他的四肢，又像神的爱一般使他灼热，是一种既清醒又狂热的激情，使他完全任其摆布。回来时比去时费力许多，他站在岸上，面对着天空和大海，牙齿打着颤，穿上衣服，快乐地笑着。

回去的路上，他身体感到不适。站在从海边通往房屋的小径上，可以看到正前方的岩石岬角、高大光滑的柱身，以及那些废墟。忽然间一阵天旋地转，他发现自己倚靠着一块岩石，半卧在一片乳香黄连木树丛上，被压断的枝叶散发出浓浓的气味。他吃力地回到家里。他的身体刚才带他体验了极致的愉悦，现在却让他陷入集中在腹部的痛苦，他不得不闭上双眼。他泡了杯茶。但他煮水时拿了一只脏的平底锅，结果泡出来的茶油腻到令他恶心。但他还是把茶喝了，然后就睡了。脱鞋子时，他注意到自己苍白无血色的双手，指甲异常粉红，又长又弯，覆盖了指尖。他的指甲从来不曾这样过，这使他的双手看起来有一种残酷而邪恶的感觉。他感到自己的胸口被老虎钳夹住了。他咳嗽并吐了几次口水，但嘴里还是有血腥味。他躺在床上，开始浑身打哆嗦。他感觉冷战从身体末梢传递上来，犹如两道冰冷的水流在肩膀处汇合。他的牙齿在被单上打战，感觉床单都被沾湿了。房子显得很大，一些他常常听到的熟悉声响被无限扩大了，仿佛没有任何墙壁能阻挡它们的回荡。他听到水流和鹅卵石翻腾的大海，大玻璃窗外颤动的夜，还有远方农场里的狗叫声。他觉得热，掀开了被子，又觉得冷，便又把被子盖上。这样摇摆在两种折磨之间，使他无法入睡的昏沉和担忧，他突然意识到自己生病了。他很焦躁，因为想到自己可能在这种昏沉中死去，而无法看清前方的路。镇上教堂的大钟响了，他却听不出敲了几声。他并不想这么病死。至少，他不希望这场病是常常见到的那种，不断地削弱他，像是一种向死亡的过渡。他潜意识里所希望的，还是用充满血色和健康的人生来面对死亡，而不是已经有死亡在场，或是已经有行将就木的东西在场。他站起来，艰难地拉了一把扶手椅到窗前，裹着被子坐下。他透过轻薄的窗帘没有褶皱的地方，看到窗帘背后有星星闪烁着。他深深地吸了口气，以缓和颤抖的双手紧握扶手，想要重新恢复清醒。“可以的。”他心想。就在这时候，他想到厨房煤气没关。“可以的。”他不断这么想着。清醒的神智也是一种漫长的耐心。凡事都能赢得或者争取到。他用拳头敲打着椅子的扶手。没有人天生就强、弱或者意志坚强。人都是后来才变强或者变清醒的。命运不在人的身上，而在人的周围。他发现自己落泪了。一种莫名的虚弱，一种因病而生的软弱使他回到了童年，重新流下了泪水。他双手冰冷，心中有一股强烈的反感。他想起自己的指甲，搓了搓锁骨下方显得无比巨大的淋巴结。外面的世界一片美好。他不想抛下自己活下去的渴念和欲望。他想起在阿尔及尔的那些夜晚，在鸣笛声的召唤下，人们从工厂出来，喧嚣声升向绿色天际。苦艾的气味、废墟间的野花以及萨赫勒地区周围柏树的孤独，一种人生画面在其间编织，其中的美丽与快乐面朝着绝望，帕特里斯从中感受到某种稍纵即逝的永恒。他不愿抛下它，即便有一天他不在了，这幅画面也会持续下去。他感觉自己内心充满了叛逆与同情，这时他看到了扎格尔斯望向窗外时的表情。他咳了很久，呼吸艰难。睡衣令他窒息。他觉得冷，又觉得热。他心中燃烧着混沌的熊熊烈火，握紧双拳，全身的血液在脑袋里怦怦跳着；他眼神空洞，等待着新的一波战栗令他再次陷入盲目的高烧。他又开始战栗，然后再次陷入潮湿又封闭的世界。他合上双眼，压制了那野兽的暴动，它嫉妒他的渴和饿。但就在快要睡着之前，他看到窗帘外泛起了鱼肚白，并随着黎明的世界苏醒，听到像是温柔和希望的强烈召唤，想必这种召唤消融了死亡带来的恐惧，同时也安抚了他，并让他知道，他将在那些曾经支持着他活下去的理由中，找到死亡的理由。

他醒来时，天已经大亮，鸟儿和昆虫在热气腾腾中欢唱着。他想到露西安娜今天就要到了。他感觉筋疲力尽，吃力地爬回床上。他口中残留着发烧的味道，还有那种脆弱的感觉，在病人眼中，世事变得艰难，其他人都变得难以相处。他把贝尔纳请来。贝尔纳来了，依然是沉默寡言、行色匆匆的模样。他替梅尔索听诊，摘下眼镜擦拭镜片。“情况不妙。”他说着替梅尔索打了两针。打第二针的时候，尽管梅尔索没那么虚弱，但还是晕了过去。他醒过来时，贝尔纳一手握着他的手腕，一手拿着表，凝视着秒针嘀嗒嘀嗒地移动。“你看，”贝尔纳说，“昏了十五分钟。你的心脏太弱了。要是再昏一次，你可能醒不过来。”

梅尔索闭上眼睛。他感到精疲力竭，嘴唇发白、干燥，呼吸急促。

“贝尔纳。”他说。

“嗯。”

“我不要这样死在昏迷中。我需要清清楚楚地看着它到来，你能明白吗？”

“明白。”贝尔纳说着，给了他几瓶安瓿，“如果你觉得虚弱，就打开它吞下去。这是肾上腺素。”

贝尔纳走到门口时，正巧碰上过来的露西安娜：“还是这么迷人。”

“梅尔索生病了？”

“是啊。”

“严重吗？”

“不严重，他很好，”贝尔纳说，离开前又说了一句，“对了，建议你还是让他独处吧。”

“啊，”露西安娜说道，“所以没事吧。”

一整天，梅尔索都闷得透不过气来。他两次感受到冰冷而顽强的空虚试图将他再一次吸到昏迷之中，但是肾上腺素两次都将他从这种沉潜中拉了回来。一整天，他深邃的双眼望向那美好的景色。四点左右，一艘宽宽的红色小船缓缓地出现在海面上，逐渐变大，在阳光、水和鱼鳞的衬托下闪闪发亮。佩雷兹站在船上，规律地划着。夜色骤然降临。梅尔索闭上眼睛，自昨天以来，他第一次笑了。露西安娜已经在他的房间里待了一阵子，她隐隐感觉不安，立刻冲上去亲吻他。

“坐吧，”梅尔索说，“你可以待在这里。”

“别说话，”露西安娜说，“这样太耗费力气了。”

贝尔纳来了，替他打了针，便离开了。大片大片的红云从天际缓缓飘过。

“我小时候，”梅尔索脑袋沉沉地陷在枕头里，望着天空吃力地说，“妈妈告诉我，云朵是上了天堂的人的灵魂。我当时觉得很惊喜，灵魂居然是红色的。现在我知道那是要起风了。但还是很好。”

入夜了。他看到很多画面。一些巨大的奇幻的动物，它们在空旷的田野上方点着头。梅尔索在高烧中，轻轻将它们推开。他只让扎格尔斯那张兄弟一般血淋淋的脸庞亲近。那个曾经赐死别人的人，现在要死了。就像当时的扎格尔斯那样，他清醒地回顾了自己的人生，是以一个“人”的视角去回顾的。到目前为止，他一直在生活。现在，他可以讲述自己的人生了。从前曾带着他奔赴未来的鲁莽冲动，人生中转瞬即逝的充满创造力的诗意，现在只剩下波澜不惊的真相，完全是诗意的对立面。在他背负的所有人当中，就像每个人在人生一开始所背负的那样，在那些让彼此盘根交错但不互相混淆的人当中，他现在知道自己是哪一个了：而这种在人身上创造命运的选择，是他凭着良心和勇气做出的。这便是他不论活着还是死去时所有的快乐。他曾经像野兽一般惊慌失措地看待死亡，现在他明白，害怕死亡就是害怕生命。对于死亡的恐惧，说明人对于生命有着无限的依恋。而所有那些没有做出关键性举动提升自己人生的人，所有那些害怕并赞颂软弱的人，他们都害怕死亡，因为死亡会为人生带来惩罚，而这人生是他们未曾参与的。他们并没有真正地活过，所以总感觉没活够。而死是一种姿态，使拼命想喝水的旅人再也找不到水。

而对其他人来说，死是一种致命又温柔的姿态，对感激和反抗都一样报以微笑。他在床上坐了一天一夜，两条手臂搁在床头柜上，脑袋埋在两臂之间。他躺下便无法呼吸。露西安娜坐在他边上望着他，一言不发。梅尔索时不时地看看她。他想，等他死后，她便会瘫软在第一个搂她腰的男人怀里。她会把自己的乳房和胴体整个献上，就像当初她把自己献给他那样，然后世界将在她微微张开的温热的嘴唇间继续运转。有时候他抬起头，从窗口看出去。他没刮胡子，眼眶发红且深陷，眼睛失去了原本深邃的光泽，苍白到发青的胡楂下是凹陷的两颊，他像是彻底变了一个人。

窗玻璃上映照出他病猫一般的眼神。他努力地呼吸着，转过去看露西安娜。然后他微笑了。这个坚定又清醒的微笑，在这张一切都渐渐衰败、疲软的脸上注入了一种新鲜的力量，一种带有愉悦的严肃。

“还好吗？”露西安娜用微弱的声音问他。

“好。”说着他又把脑袋埋回到两臂之间的黑暗里。他的体力和抵抗力都已经到达极限，于是他第一次且发自肺腑地与罗朗·扎格尔斯汇合了，虽然扎格尔斯的笑容最开始总会把他激怒。他短促的呼吸在大理石的床头柜上留下了潮湿的水汽，它把他的温度又反射回来。在这阵向他涌上来的不祥的温热感之中，他更清醒地感受到手指和双脚冰冷的末端。这甚至像是揭开了一场人生，在这种从冷到热的过程中，他体会到扎格尔斯内心的狂热，理解了他为什么要感谢“人生允许他继续燃烧”。他感到心中对扎格尔斯油然而生一股强烈的手足之爱，他曾经觉得自己离这个男人如此遥远，而他明白了，因为自己杀了他，自己便永远与他紧紧相连了。这段含着泪水的沉重历程，在他内心就如一种融合了生与死的滋味，他了解到，这是他们的共同点。甚至是扎格尔斯面对死亡时的无动于衷，他都能从中看到自己人生中隐秘而晦涩的一面。高烧帮助他看清这一切，他坚信自己必将保持意识清醒，直到最后，睁着眼死去。那天，扎格尔斯也是睁着眼，而且还有泪珠在眼眶里打转。但那是不曾有机会真正活过的人最后的软弱。梅尔索并不害怕这种软弱。在那总是差几厘米而没有触碰他身体极限的流动的灼热里，他知道了自己不会有这样的软弱。因为他充分地演绎了自己的角色，完美地履行了人唯一的职责——快乐。或许没有快乐太久。但是，时间长短对快乐本身没有任何影响。它只能是一种障碍，或者什么都不是。他摧毁了这种障碍，而他内心所酝酿出的这个兄弟，能存在两年，还是二十年，根本无关紧要。他曾经存在过，那就是快乐。

露西安娜站起来，替梅尔索把从肩膀滑落的被子盖好。这个举动使他一阵战栗。自从他在扎格尔斯别墅附近的小广场打喷嚏那天，直到此时此刻，他的身体一直忠实地为他效力，带着他向世界打开。但同时，他继续过着我行我素的生活，并没有和他外表所呈现的那个人结合。这些年来，它经历着一种慢慢的瓦解。现在，它已经完成了它的任务，准备好要离开梅尔索，把他还给世界。梅尔索意识到自己承受着的冷战，这又是一次默契，这默契在过去已经为他们赢得了那么多的喜悦。仅仅是基于这一点，就足以让梅尔索把这种冷战视为一种喜悦。他现在需要的是意识，没有欺瞒、毫不示弱、孤独地与自己的身体面对面，睁大双眼直视死亡。这是男人的担当。什么都没有，没有爱，也没有布景，只有一片孤独和快乐铺就而成的无垠沙漠，梅尔索在这里打出手上最后几张牌。他感觉自己的呼吸变得微弱。他吸了一口气，而在这个举动中，他的胸口如管风琴般呼呼作响。他感觉自己小腿肚发凉，双手已经没有感觉。天亮了。

这是一个鸟语花香的早晨。太阳很快升起，一下跃到海平线上。地面上覆盖着金色和热气。在晨曦中，大片大片的色斑跳跃着，为天空和大海镀上蓝色和黄色的光芒。一阵轻风吹起，从窗外飘来一股带着盐味的气息，梅尔索的双手感觉到一阵清新的凉意。中午，风停了，白昼像是成熟的果实一般爆裂开来，在突如其来的蝉鸣奏乐中，温热而令人窒息的汁液滚滚而下。海面上覆盖着金色的油脂一般的汁液，向阳光倾轧的地面送去一波热气，阵阵苦艾、迷迭香和发烫的石头的气味升腾而起。梅尔索从床上感觉到这份震撼和献祭，他睁开双眼，看到浩瀚呈弧形的大海，一片火红，浸满了天神的微笑。他突然发现自己坐在床上，且露西安娜的脸就在自己的脸边上。他感觉仿佛有一颗小石子从腹部慢慢爬上来，直到喉头。他的呼吸越来越急促，持续攀升着。他望着露西安娜。他淡然地微笑着，这笑容发自肺腑。他躺回到床上，细细感受体内那种缓缓的升腾。他凝望着露西安娜饱满的嘴唇，还有她身后大地的微笑。他以相同的眼神、相同的欲望，望着她们。

“还有一分钟，一秒钟。”他心里想。这种升腾停止了。他成了众多石子中的一颗，在亘古世界的永恒真理中，回归内心的喜悦。

（全文完）

经典就读三个圈　导读解读样样全

三个圈
独家文学手册

导 读

世间壮丽的这一天

作者：章乐天

（译有《责任的重负》、《开端：意图与方法》等。）

路上空无一人。这是一条微微上升的缓坡。梅尔索手里提着行李箱，走在尘世的晨光之中，他听着自己急促的脚步声，伴随着行李箱把手发出的规律的嘎吱声，在这条寒冷的道路上不断前行着。

那种扑面而来的酷，加缪式的酷，源于他笔下仿佛下意识地生成的一种标志性的矛盾结合——一方是感性的快乐体验；另一方是对人在冷漠宇宙之中的“存在性孤独”的认识。依靠着在阿尔及利亚的早年生活，加缪，这位“黑脚法国人”的后代，写出了他最著名的两部作品，即小说《局外人》（1942 年初版）和《鼠疫》（1946 年初版），而《快乐的死》这个小作品的完成时间比《局外人》还要早三年多。从这部作品中，我们可以看到加缪对个人风格的初探，看到一种《局外人》的“准备动作”。

一、健康的人

这个动作里有加缪真实生命的无数痕迹，像绝大多数初学写作的年轻人一样，他把自己生活过的不多的年月作为“启动资金”。比如，在书中你可以看到两个地名：贝尔库，里昂街。那条街的 93 号公寓，就是加缪还是个孩子的时候全家的居所。在这个区，阿拉伯人和黑脚法国人并肩生活，此外还有来自地中海周边众多国家和地区的人，像意大利人、马耳他人、突尼斯人、希腊人、犹太人。“黑脚”（法语 pied-noir）一词的来源，可能是地中海水手满是泥炭的脚，也可能是法国士兵的黑靴子，它指的是在法国统治阿尔及利亚时期，在此地生活的一百万欧洲裔殖民者，其中绝大多数自然是法国人，其生活一般比较朴素，没有那种把阿尔及利亚原住民和穆斯林都踩在脚下的做派——至少加缪本人是这么个印象。

当《快乐的死》中贝尔库出现时，我们看到这里的人五方杂处，过着一种热汗蒸腾、身体气息十足的生活。可以参考加缪早期写的一则散文《运动》，其中记录了一场拳击赛的实况，对赛双方分别是一位法国海军士兵和一名奥兰当地的拳手，两人打得正酣，台下的观众是如此表现：

> 他们的嘘声里没有仇恨。观众们分成两边，似乎为了公平起见。但是每个人的选择，都是顺着精力透支后的漠不关心而作的。如果法国人浮步不稳，如果奥兰人忘了不该打脑袋瓜子，他便会受到嘘声，但是一会儿喝彩声又代之而起。[1]

比赛进行到最后也难分胜负，于是按惯例进行抽签，法国人

1 出自加缪散文选《荒谬的人》，张汉良译。

最终获胜，观众显然以本地人居多为由，认为裁判作弊。于是抗议之声四起，然而这时，“那水兵走上前去拥抱他的擂台对手，吮吸着他兄弟的汗水。这足以改变观众的看法，使他们又爆出喝彩。我的邻座不错，他叫道：他们不是蛮子”[1]。

这是个寓意深刻的情节，它表现出社区的某种和谐，人各有各的欲望和好胜心，却又能以一种古希腊式的身体审美去公平地欣赏别人的力量和长处。加缪一向特别强调身体健康这一点，在《快乐的死》中，主人公帕特里斯·梅尔索之所以能同时感受着大自然的美和它的冷漠、残酷，根本原因就在于他是个健康的人：因为健康，他才不需要乞求岁月温柔相待，也才会不惮于想象和思考死亡，也才能够在贝尔库的码头上，以一种轻松的心情“观赏”一个惨遭重伤的工人：

> 他们已经把伤者抬出来了，他躺在木板上，周身弥漫着粉尘，嘴唇由于痛苦而发白，手肘上方断了的手臂就这么了无生气地任人处置。一截碎骨从皮肉中穿出，可怕的伤口淌着血。鲜血沿着手臂滚滚流下，一滴一滴落在发烫的石板上，发出细微的噼啪声，一阵青烟升腾起来。梅尔索怔怔地看着这血，一动不动……

1 出自加缪散文选《荒谬的人》，张汉良译。

他凝视着那个伤者，直到被一个同伴拉走，两人快跑了一段路后，又搭上了一辆卡车，随着路面的颠簸，他俩被震得晕乎乎的，却又笑得喘不过气来。这就是健康年轻人的特权，所有的痛苦都可以是自找的，是对自己雄厚的本钱的认可。受伤的工人的样子越凄惨，能够快跑、能够扒车的梅尔索就越是强大。

在第一部第二章，我们看到了梅尔索所处的社会的日常景象：

> 夏天的港口充满了喧嚣和阳光。十一点半，太阳仿佛从中间开裂成了两半，沉沉的暑气压迫着码头堤岸。阿尔及尔商会的货棚前，一艘艘黑色船身、红色烟囱的货船正在装载一袋袋麦子。细密粉尘的芬芳与太阳炙烤出来的厚重沥青味交融在一起。在一艘散发着油漆味和茴香酒清香的小船前，有些人在喝酒，一些穿着红色紧身衣的阿拉伯杂耍艺人在发烫的地面上不断转动着身体，阳光也在他们身后的海面上跃动着。

我们看到了烈日炎炎的夏天——一个加缪式的季节；我们看到了靠身体吃饭的杂耍人，看到了显得精力充沛的阳光，在海浪上炫耀着自己的灵活；我们还看到了茴香酒——阿尔及尔的标志性饮品，在十年后发表的《鼠疫》中，加缪就用城里重新飘起了茴香酒的香味作为鼠疫过去、社会恢复正常的写照……无论是自然环境还是人文环境，在加缪写来都是“慷慨”的，正是这些激发他去猎取、去品尝活着的幸福和快乐。除此之外，玛尔特的肉体和容貌对梅尔索来说也是一种盛大的供应：“她走在他前面，笑靥如花，美得摄人心魄。”

二、被丰盈覆盖的贫穷的人

加缪以一场枪杀来为这篇小说开头：腿脚灵活有力的梅尔索，开枪打死了一个双腿被截的男人罗朗·扎格尔斯。你若事先读过《局外人》，必然会想到默尔索的杀人，然后感到两个杀人事件之间似同似异：同样是晴好的天气，同样是在一种整体算是悠闲的气氛下做出的一个极端“冷酷”的行为，默尔索很快就要受审，而梅尔索只是舌头发干，脑袋嗡嗡作响，身体有些发冷，并无其他的惩罚在等着他。

要到后来，我们才能逐渐得知这次杀人的缘由（这就明显区别于《局外人》中完全无因的杀人）。他好像是应被杀者的邀请杀死他的，这个人让梅尔索夺走他的性命，并拿走他的钱。残疾人扎格尔斯对梅尔索说的一番话，不像是加缪的典型风格：

> 人没有钱不可能快乐。就是这样。……我发现某些精英分子身上有一种自命清高，他们总以为金钱不是快乐

的基础。这很蠢，显然也是错误的，而且从某种程度上来说是懦弱的。……在几乎所有情况下，我们耗费生命去赚钱，但明明应该用钱来换取时间。这就是一直以来唯一让我感兴趣的问题。它很明确，很具体。

这些关于钱、幸福和时间的关系的论说固然有着哲理色彩，其中的焦虑却是简单浅白的：对一个拥有健康、相貌的年轻男人来说，要实现个人自由只剩最后一道障碍：贫穷。日后在加缪的其他作品里，贫穷没有得到过这样的强调，在《鼠疫》中，贫穷甚至是圣徒一样的人物塔鲁用来自我历练的选择，塔鲁告诉里厄医生，他因为不满检察官父亲判人死刑而离开了富裕的家，去过穷苦日子。

实际上，加缪是真正体会过穷苦的滋味的，在里昂大街，加缪一家人的住房条件差到了极点：在这个没有父亲的家庭里，他和妈妈以及哥哥吕西安、他们的舅爷艾蒂安、外祖母和清洁工凯瑟琳·海伦共用三个房间、一个厨房和一个卫生间，楼里没有电，没有管道系统。加缪和哥哥、妈妈共住的房间只有十平方米左右。穷是无法掩饰的。我们还可以从加缪的散文中推知一些真实的信息：他喜欢在一家阿拉伯人开的咖啡馆里坐很久，那里长时间空无一人，他会尽量坐得晚一些，等到必须回家睡觉时，他不用开灯就能摸着黑上楼，他把每一步都抬得很高，避免绊倒，他的手从来不敢碰栏杆，以免摸到过路的蟑螂。

《快乐的死》中写到一个箍桶匠卡多纳，也很像从加缪自己的生活里抽取出来的，他是“一个不喜欢待在家里的穷人”，因此总是选择咖啡馆作为自己的栖身之所，那是个“出入方便、华丽敞亮且随时欢迎他光临的家”，几家生机勃勃的咖啡店，有人群的热气蒸腾，“是对抗孤独的恐惧及其朦胧愿景的最后庇护所”。

加缪在他未完成的自传体小说《第一个人》中写到，自己从未从贝尔库艰辛、困厄的童年里恢复过来。可是《第一个人》的文字完全成熟，以至于我们读后，对他早年生活最深的印象不是贫苦，而是某种带有诗意的“清寒”，是一个人为了充分体会外界的慷慨丰盈而必须付出的成本。他对贝尔库地区和阿尔及尔整个城市及其居民的描写，都很容易让人忽略贫穷这一现实：里昂街非常宽阔，道路两旁栽种着无花果树，铺设着电车轨道。小街里店铺密集如林，手工作坊和公寓比肩而立，孩子们在街上玩棍子球，闹哄哄地在行人之间穿梭，跨过流浪狗和母鸡，小心别撞到各种小贩——一个“人间烟火”的丛集之地，“地气”充沛，永远热闹。

两次世界大战之间，阿尔及尔平等开放的氛围吸引来了很多欧洲人在此活动，加缪认识很多艺术家、运动员、小店主。杂耍艺人和广大的工人都是穷的——不穷也不会去做体力劳动——但似乎并没有到赤贫的程度。虽然困厄但也随时会受到慷慨的补充：海滩和海水——并没有被少数有钱人圈起来独享，而是一视同仁地滋养荣华、抚慰穷困。不管你是高官子弟还是一文不名之人，不管你是哪个国家的人，都能脱得赤条条地去领取免费的日光和空气。海滩上还有标准的海景舞厅，穷人家的街坊儿女可以在那里半日尽欢。阿拉伯老人在玩多米诺骨牌，咖啡馆里坐着喝薄荷茶的顾客，世俗化的人和宗教信徒穿着对比鲜明的服装走在同一条路上，至今如此。

加缪笔下丰盈的身体感受完全覆盖了对物质条件的顾虑。对地中海的爱简直是他的名片，被他随时携带，成为灵魂的背景。在《鼠疫》中，里厄医生一旦难忍城里的喧哗和焦虑，就沉入海水之中，哪怕只是暂避一时。文字中的加缪就死死地留在这暂时之中：活着若还值得继续，人就必须探求与世界融为一体，而这一点，只有当其在水中畅游或坐在地中海的沙滩上时才能体会到。

三、两个无从幸福的人

在《快乐的死》中，我们看到加缪对此尚有根本的不满足——不满足于精神和体感上的丰盈，也不满足于物质上的贫穷；不满足于享有自己已经享有的，也不满足于缺失自己一直缺失的。他托身于“帕特里斯·梅尔索”这个名字来确认自己到底是怎样的一种存在：这个梅尔索—加缪的合体对自己的感知有着无穷的热情，他极度自恋，但这种自恋似乎基于想要打通人和他所处的世界之间那种天然的界隔的动机：

> （杀人取钱后的梅尔索）他打了两个喷嚏，小山谷里响起回声，像是一种嘲笑，在清澈的天空中越飞越高。他的脚步有些蹒跚，便停了下来，深深吸了口气。从湛蓝的天际落下千千万万个小小的白色微笑。它们嬉戏在满是雨水的叶子上、在小巷湿漉漉的石板上，它们飞向血红色瓦片做顶的屋舍，又振翅飞向刚才孕育了它们的湖泊。

这是加缪一直坚持的追问：人的活动究竟能赋予自然环境以怎样的意义？常人都不会想到的是，自然界并非为人类所准备，自然界可以壮丽、优雅、美好、凶暴，却不会回应人的赞美和惊骇。所以“与世界融为一体”的感觉也是不可靠的，不失为幻想；可是加缪却要在此追问，他要去想象，并用笔来让自然界里的事物尽量动起来，同时又不让其仅仅成为“触景伤情”里的“景”，或成为人的情绪的回音壁和应声虫，他那些事物是自顾自地动，以自己的节奏和逻辑。于是，所谓的“荒谬”（中文的“荒谬”一词用于描述加缪的观点终究是不够合适的，无数肤浅的理解来自望文生义）在此趋向于深刻，那“千千万万个小小的白色微笑”并不是回应梅尔索的心情的，它像是一种莫名的起哄。

加缪显然还在摸索之中，浮夸的修辞是他为自己的“荒谬”的世界观定调的需要，他试图捏合感知敏锐的人物，始终对人物保持陌生的环境，他想在两者间实现一种频繁的周转：“窗外，早晨在金色的寒冷大地上展露笑颜。一股冰冷的巨大喜悦和鸟儿发出的不安的尖锐叫声，还有那漫溢的冷酷无情的光线都为这个早晨描绘出一张无辜又真实的脸庞。”这里浮现出的重点——“无辜又真实”，可以用到自然界里每一个客观存在的事物上，不管是抽象的还是具象的。的确，外物都是真的，只有人是世故的，有着复杂的焦虑和不满，会掩饰，懂避讳，相对而言就太“假”了。追求真实的人，都会承认自己戴着假面，加缪就说过，只有在海水中或沙滩上，他才能把一张名叫“阿尔贝·加缪”的面具取下来。

残疾人扎格尔斯开着房门，为了让夺他性命的人进来。他房间的矮柜里，黑色手枪熠熠发亮，“宛如一只优雅的猫镇压着扎格尔斯的那个白色信封”——这个让人想起弗兰纳里·奥康纳那篇惊世骇俗的故事《好人难寻》中的杀人事件，加缪在后文里慢慢叙述其原委。半身残疾的扎格尔斯不肯赖活着，为此，他奇怪地把活着的意义寄托在了让年轻的梅尔索更好地活着上面：“梅尔索，拥有这副身躯，你唯一要做的，就是快乐地活着。”健全的人受到残疾人的祝福，这很合理，但是为了这种祝福，残疾人请健全的人枪杀自己并拿走自己的钱，这一点却怎么也难称是合理的。

这是加缪在 1937 年 10 月 10 日的一则手记里写下的话，那时他正在写这本小说：

有价值或无价值。创造或无创造。在第一种情况中，一切都有正当理由。毫无例外，在第二种情况中是彻底的荒谬。剩下的就是选择最美的自杀方式：婚姻、四十小时工作制或手枪。

执迷于这种思索的加缪是不会考虑合理性的。杀了人的梅尔索，不像《罪与罚》里的拉斯柯尔尼科夫那样，出乎自己意料地受到了良心的追责。他的行为也没有引来法律后果，仿佛只要他自己不在意，那些司法力量、舆论力量就自觉退散了似的。在第一部第四章，我们看到梅尔索决定杀扎格尔斯，真就是出于对生活本质的无意义的认识。他目睹了一个熟人——那位箍桶匠卡多纳的情况：

一扇朝着院子的窗户紧闭着，另一扇窗也才开了一条缝。悬吊着的煤油灯周围围绕着一圈小型纸牌，平行的圆形光线投射在桌面、梅尔索和卡多纳的脚上，以及墙边一张面对着他们的椅子上。这时，卡多纳把照片握在手中凝视着，亲吻着，用沙哑的声音说着："可怜的妈妈。"但他其实也在顾影自怜。她被葬在城市另一端的可怖墓地，梅尔索很熟悉那里。

卡多纳很穷，但他的问题不是穷，不是母亲去世，也不是母亲葬在“可怖”的公墓里，而是儿子无法给她一个更好的归宿——在梅尔索眼里，卡多纳代表了一个真实人生的典型样子：人因为经济限制而无法改善自己的生活，进而只能依恋他已有的东西（一门可以糊口的手艺）和人（感情深厚的母亲），以及一条狗。而这些拥有又注定是要失去的。丧母后的卡多纳十分忧伤，自己也一下子衰微下去：

> 回到家里，他又拿出这张照片，对着照片，消逝的往事又袅袅浮现。他又见到了他曾经深爱又嘲弄的母亲。在这个丑陋的房间里，独自面对着自己一无是处的人生，汇聚起最后的一些力量，他意识到那段过去正是他的快乐所在。

梅尔索虽然对这种“牲口一样的人”不无敬意，却从心眼里相信，这样的生活也会在未来等待着自己。悬浮在时间之中的生命必定毫无意义，一想到幸福只能保存在事后的追忆之中，梅尔索就心生恐惧。在和卡多纳无言抽烟的时刻，梅尔索做出了“再也不能这样下去了”的打算。

而在这片卑微生活的光谱的另一端，坐着扎格尔斯。扎格尔斯是玛尔特的众多前任情人之一，他也享受过生活的美好，更何况他还（自称是以诈骗手段）赚到了很多钱。然而现在，他只能整日坐在家里，连大小便都需要人服侍。通过他和梅尔索的对话，加缪写出了另一种荒谬的隔阂：明明是被邀请来做对话的朋友，梅尔索却无法从扎格尔斯那里感觉到友情。他发现，扎格尔斯企图把自己从残缺的生命中得到的羞辱转嫁到他身上，用“别人看到我这双残腿所露出来的同情总是让我抓狂”这样的话来虐待他，梅尔索激于血气，就以暗想“一个废物”来抵御。他告诫自己不要滥施同情，无情才是对真实的一种捍卫态度。

《西西弗神话》的正文开篇已成名言：“真正严肃的哲学命题只有一个，那便是自杀。判断人生是否值得，就是回答哲学的根本问题。”在《快乐的死》中，可以看到这样一种思考的酝酿过程：扎格尔斯确信自己不值得生存了，只是，他在截肢之后需要花二十年的时间才做出这个判断，而二十年后，他遇到了血气方刚、四肢健全的梅尔索：

> 二十年来，我无法体验某种快乐。我已经被我自己的人生所吞噬，而我却无法完全参透它。而死亡最让我恐惧的，是它会让我非常确定——我的人生耗尽时，我将从未参与其中。我被迫成了我自己人生的旁观者，您明白吗？

他并没有明确地指示什么，但两人在沉默中达成了一致。枪响之后，没有任何法律后果发生，这明确地告诉我们，这个故事的重点不在于法律，也不在于道德伦理，而在于哲学。梅尔索轻松地远走高飞，去实践死者对他的忠告：你唯一要做的，就是快乐地活着。

扎格尔斯和卡多纳，前者缺少健康，后者则主要缺钱。两人都无法得到幸福，而幸福看来又是生活的唯一意义，是人存在、生活的目标和理由。在阿尔及尔大学接受的哲学教育，使加缪尤为关注真实问题，他主张真实，但真实又使人无法去行动，正如真实的大自然不会做出任何有意志的行动那样，因为一条条道路，如果真实地去展望、去描述，都无非是通往衰退、乏味和死亡之路而已，那又何来的生活意义呢？

梅尔索对他的残疾朋友说，他觉得无论是结婚、自杀，还是订阅《画报》，都是“绝望的行动”——这种过分的清醒似乎是加缪给自己设定的写作伦理。然而，扎格尔斯一语道破了他这么认为的原因，并为了维持整个故事的哲理水平加上一句解释：

> 梅尔索，您很穷。这从某种意义上来说也解释了您的厌世。还有一部分原因，是您荒谬地同意了自己的贫穷。

四、布瓦维尔的白日杀手和布拉格的夜游人

1939 年夏天的一个下午，在奥兰以西的布瓦维尔海滩，加

缪的一个熟人与两个阿拉伯人发生了冲突，那个人认为阿拉伯人侮辱了他的女朋友，于是去找了自己的弟兄回来与阿拉伯人争吵。在争吵之中，他被其中一个持刀的阿拉伯人打伤，他们遂回别墅拿来一把小口径手枪，要找阿拉伯人算账，不过后来并没有开枪，伤人者就被逮捕了。

关于这件事的细节，各种说法出入很大，但总之，这件事被加缪用来写出了决定他命运的小说《局外人》，它是一曲存在主义的颂歌，开头几页，一个怪异的、情感疏离的反英雄默尔索，送走了他去世的母亲，同时不忘和女友玛丽看电影。他的母亲，大概像卡多纳的母亲一样，也是被葬到一个俗不可耐的乡村公墓里的。而默尔索也像梅尔索一样，时刻不忘了身体感知。“天空的强光让人无法忍受，”他说，“我可以感觉到血液在我的太阳穴里跳动。”

在默尔索的世界里，阳光从《快乐的死》中的“纯真无辜”变成了一种邪恶的力量，变成了暴力的诱发剂。在一个很像布瓦维尔的海滩上，默尔索遇到了一个拿着刀的阿拉伯人，他开枪打死了他，除了令人不安的亮度和热量，没有其他明显的原因。杀人后，他仍然在感知太阳，觉得它“是和我埋葬母亲那天一样的太阳”。

《局外人》里的默尔索也不是从一开始就立住了的，但随着这本书被经典化，默尔索也固化为一个套路型的文学形象，被人模仿。对比之下，《快乐的死》中的梅尔索，并没有受到加缪充分的信任，他为梅尔索设计了这一场伪装成自杀的杀人行为。1938 年 4 月完稿后，他接受了朋友的建议修改了一番，最终还是匿而不发，直到他去世十年后，这部作品才被印刷出版。

梅尔索并非默尔索那样一个疏离的、缺乏感情表露的人，他和玛尔特的关系，也并非默尔索和玛丽的关系那样，只是因为无聊才待在一起；梅尔索对自己的男性魅力、体力、健康都有更强的感知，因此合群或离群、和谁在一起度日都是他的主动选择。在第二部中，他凭着本有的优越感（和对自己可能丧失先天的优越条件的焦虑），加上从扎格尔斯那里得来的钱，到欧洲做了一个自由旅行者，他到了布拉格，又从布拉格出发，不断换目的地，从未决定在任何地方停留。在车上，他有如下的思绪：

> 在这块回归天真的绝望大地上，他身为迷失在原始世界的旅人，找回了自己的联系。他握着拳放在胸口，脸紧贴着车窗玻璃，感受到一股巨大的生命力，冲向自身及其体内沉睡着的伟大。

行动自由的第三人称主角梅尔索，比起陷入罗网的第一人称主角默尔索来，更难获得读者的认同；可是他更像加缪本人。默尔索是现代主义小说里典型的反英雄，梅尔索却是二十多岁的加缪把从自己能量十足的青春履历里外溢的那些内容收罗起来，进行加工的产物。

《快乐的死》的第二部中，梅尔索渡过地中海来到马赛，然后去里昂，又从那里去往布拉格，这正是1936年加缪旅行的路径。那次旅行，他是和妻子西蒙娜，外带友人布尔乔瓦一起出发的，但前往布拉格的时候他就只是一个人了。那时，肺结核已经在年方二十三岁的他身上多次发作，在异国他乡，任何一种不熟悉的气味都会触发他的心神不宁。奥利维埃·托德在《加缪传》中说，加缪在布拉格“害怕病倒在没有同情心的外国人之中”，而在《快乐的死》中，如下的一段话正是加缪当时的真实状况：

> 他突然停下脚步。一股奇特的味道在夜色中朝他飘来，这种气味有点儿呛鼻，有点儿发酸，唤醒了梅尔索内心全部的忧虑。他感觉舌头上、鼻腔深处和眼睛里都充斥着这种味道。它起初遥远，接着飘到街角，现在又融入了漆黑的夜空，嵌入了油腻的人行道之间，恍然间便蹿到眼前，宛如布拉格暗夜的邪魅巫术。他朝着这种味道走去，随着距离越来越近，它变得更加真实，裹挟了他整个人，呛得他流下眼泪，让他毫无招架之力。走到街角，他明白了：一位老妇人正在卖醋腌小黄瓜，正是这味道俘获了梅尔索。

加缪恐惧那气味，他把一个路人大口咬着黄瓜的画面也写入了这篇小说中，目睹此景的梅尔索“找了根柱子靠在上面，久久地呼吸着此时此刻世界所呈现给他的奇异与孤独……”他这里使用的修辞，又会让我们想起本文开头引用的那句描写：“梅尔索手里提着行李箱，走在尘世的晨光之中，他听着自己急促的脚步声，伴随着行李箱把手发出的规律的嘎吱声，在这条寒冷的道路上不断前行着。”

五、死于荒谬与石化的人

梅尔索思念着他熟悉的故地，那里有阳光，有海水，有女人。当他在这趟旅途的最后阶段穿越意大利北部，来到热那亚时，他的下一站就是阿尔及尔，因为热那亚已经有太多香艳的、酷似他家乡那般的景物，强烈刺激了他的性欲和归心。回到故里，他一度和三个女人生活在一起，这也是加缪本人的情况：他的女人缘出奇得好，哪怕他本人一直是拮据度日，也能吸引来某些大资产阶级家的闺秀，变成围着自己打转、一起脱光衣服晒太阳的伴侣，就像书中那位卡特琳娜骄傲地说的：“我刚刚赤裸在世界面前。”

加缪是在1937年动手写《快乐的死》的。在他长租的那座滨海的房子里，他不缺女人，不缺宜人的气候，也不缺时间，身为一个既善于勾引又懂得蔑视女性的头号唐璜，他把自己身边的女人改动名姓后，写入了小说的第二部之中，我们读起来，会感觉到它的情节略为零散，只见梅尔索自己的内心戏不断地出现：

> 就像按压一块热乎乎的面包直到它失去弹性，他只想把自己的人生握在手中。就像在火车上的那两个漫漫长夜，他和自己说着话，然后准备迎接新生活。把人生当作麦芽糖一般舔舐，塑造它，打磨它，最后去爱上它，这就是他最为热衷的事情。像这样地存在于自己面前，他今后所要做的，就是将这份存在呈现在人生中的所有面孔前面，即便是以一种他现在已经知道难以承受的孤独为代价。

被这样大段的自表决心弄到困惑实属正常，因为加缪自己还没有形成清晰的思路，他还无法把一个人身为智慧生物的宏大自恋，同他简单、本能的基本存在之间的矛盾揭示出来；我们看到，梅尔索的大量动作都被饰以超越性的意义，“世界”“人间”像一些召之即来的小小神明，频频地出现和回响，往往显得浮夸、过分；加缪尚未形成一种讨论荒谬的语言，从《快乐的死》来看，一个总在享受生命的馈赠的人，又为生命中没有可识别的目的、为大自然的永恒冷漠而感到孤独——这种痛苦着实称得上是奢侈的。

这种种不妥帖之处，加缪的好友雅克·厄尔贡当初已经指出过，加缪本人还需要数年时间搞明白自己真正想要说什么，以及怎样去说，并且真正沉入人的处境之中。卡多纳那样的人物，可能是最适合他寄托悲天悯人之心的落脚点（比如他在《鼠疫》中塑造了一位日子越过越消沉、最后又赶上鼠疫的格朗）；而若读他晚期的短篇小说如《不贞的妻子》，我们也将一上来就被一种沉郁的力量准确击中：

> 冬天的早晨，阳光微弱，汽车走得很慢，颠得厉害，车皮和车轴叮当乱响。雅妮娜望了望她的丈夫。马塞尔的头发已经灰白了……眼神依旧是呆滞的，麻木的，茫然的，只有他那双汗毛稀少的大手好像还在活动。……它紧紧地抓住夹在两腿间的一口小帆布箱子……

沧桑易老是人间的常道，自我优越的生命感只是个别人在个别年龄上具有的特权。那么，那位听着“行李箱把手发出的规律的嘎吱声”、步履轻健地踏上杀人之路的梅尔索，又该如何肩负起活在荒谬之中的职分？

箭已上弦，不得不发。当小说进入一系列及时行乐的节奏中的时候，加缪考虑如何安排主角的结局：梅尔索必须死，若非如此，加缪将不能兑现他自期的“酷”的潜质，也将无从通过戳破凡间幸福的虚幻面目而将哲思推进到一定的深度。死因也不妨是肺结核，这一险恶的病症，能使患者充分感觉到活着的不光彩——加缪本人对此深有体会，他十七岁时就曾同肺结核首度结缘，若非如此，他怕是还不会有那么强的意愿，去活出别人两辈子都活不出的内容。

“我太热爱人生了，不能只靠自然景色来满足。”梅尔索说，于是他宿命般地受罚——被病击倒。只是由于他一直持有对抗荒谬的意愿，这病才显得对他还是一种成全：在小说的末尾，他聚集起了平生所有的优势——阳光、海水、面带微笑的美丽女人，甚至还要加上依然蓬勃的情欲——来体会在肺结核面前败北的最后时光。

他弥留之际的身体感受也被描写得极美：有石头在他胸中上拱，等他咽气时，他变成了一块石头，落入荒石之中。那道荒谬之墙被突破了，人加入冷漠的自然景物之中，在那里变冷。

这时，我们会想起被他杀死的残疾人扎格尔斯：他的只有大半截身体的遗体变成了什么？我们可以认为，他的如愿以偿的死也是快乐的吗？加缪相信这篇小说不值得发表。他是对的，接着他就突破了自己：默尔索在临刑前夜感叹的“我第一次对这个冷漠的世界敞开心扉”，就像一根灵巧的撬棒，拨开了那块名叫帕特里斯·梅尔索的、与冷漠世界合为一体的大石。

图文解读

和加缪对话：没有对生活的绝望，就不会热爱生活

作者：晏婷婷

Albert Camus
阿尔贝·加缪
1913.11.7 --- 1960.1.4

法国哲学家、小说家、剧作家
“存在主义”文学大师
于1957年获诺贝尔文学奖

> “由于他重要的著作
> 在这著作中他以明察而热切的眼光
> 照亮了我们这时代人类良心的种种问题
> ——诺贝尔文学奖颁奖词”

“确认生命中的荒诞感不可能是一个终点，而恰恰是一个开始。”在这荒谬的世界，加缪以西西弗上山那样沉重而均匀的步伐朝着荒诞走去，他知道恶不能根除，但唯其如此，才更应该怀疑、挑战和反抗，为捍卫人的尊严和幸福而斗争。加缪以他热切的哲学思考，以他的勇气和富有远见的意志，以他充满关怀的文学之笔，为我们进行着关于一个荒诞无意义的世界中人存在的意义的永恒探索。

我们将通过“孤独的反抗者”“不屈的石头骑士”“一个真正的人”“加缪和他的朋友们”“阅读加缪”这五个方向，选择现在生存中可能遇见的种种问题，用问答方式来和加缪进行一场跨时空的对话，去走近一个亲切的、热情的、真诚的、充满生命光辉与精神魅力的加缪。

孤独的反抗者：置身阳光和苦难之间

1913 年 11 月 7 日，加缪出生在阿尔及利亚东部的小镇蒙多维。他还不到一岁，父亲便在第一次世界大战的马恩河战役中重伤而亡。加缪一家迁往阿尔及尔，住进一个贫民区。母亲在一家弹药厂做工，还得兼职帮别人做家务。一起生活的还有外祖母和残疾的、当箍桶匠的舅舅，一家人的生活十分贫困。

后来，在老师的帮助下，加缪获得了奖学金，进了阿尔及尔中学，又靠勤工俭学，进了阿尔及尔大学，渐渐走上了以文字为生的道路。对于所经历的贫穷，加缪从未怨恨，而是用反抗的方式对抗现实的命运，不顾一切地为人的尊严和幸福、为世界的团结和正义辩护，并把这呼喊传向四方。

童年加缪

加缪先生，您好。您是怎样看待诸如战争、瘟疫等这些人类历史上的重大灾难的？

您好。一个人能在灾难和生活的赌博中所赢得的全部东西，就是知识和记忆。

您童年时家境寒微，家里连一本书都没有，这样贫穷的出身和经历，您觉得是一种不幸吗？

贫穷对我来说从来不是一种不幸：光明在其中播撒着它的财富，甚至我的反抗也被照亮了。

您对贫穷的境况有过抱怨吗？

我所经历的贫穷从未教会我怨恨，相反，它教会了我某种忠诚和无言的坚韧。如果有一天我忘了这些，只能怪我自己或我的缺点，而不能怪我生于斯的世界。在任何情况下，充满我童年的美丽和炎热都使我不存任何怨恨之心。

您有过绝望的时刻吗？

没有对生活的绝望，就不会热爱生活。一如经常可见的，人生中最好的部分终究与最糟的部分密不可分。

那您会害怕孤独吗？

有些人在做出重大决定或者上演人生重要戏码之前都需要独处。一切特立独行的人格，都意味着强大。

（内容整理改编自《快乐的死》《鼠疫》《加缪手记》《反与正》等）

不屈的石头骑士：为了真理和自由

无论是 1938 年作为记者为阿尔及利亚少数民族撰写长篇报道，呼吁法国改变其政策，还是担任《战斗报》编辑期间用手中的纸和笔与纳粹进行长期的抗争；无论是阿尔及利亚战争期间为和平与正义呼吁奔走，还是写下《西西弗神话》《反抗者》这样主张以反抗对抗荒诞的作品，在这个充满着不公、苦难与荒诞的世界，加缪像个不屈的石头骑士，以知其不可为而为之的斗争精神，勇敢地扛起时代的道德重负，以理想主义的沉着激情，以明察热切的哲学思考，为我们进行着自由与真理的永恒追索。

您如何理解人生？

人生是荒诞与幸福的合集。

那我们能做些什么？

第一件事是不绝望。

然后呢？

在这饱满而欢愉的空气中，在这富庶丰饶的天空下，人唯一的任务似乎就是活着，并且活得快乐。要不计代价地追求快乐，抵抗这个用愚蠢和暴力将我们包围的世界。

那我们能为世界做些什么？

真理是神秘的、不可捉摸的，总是需要争取的。自由是危险的，既难以承受又激动人心，我们应当艰难而坚决地朝着这两大目标前进。

即使知道世界的荒谬仍要这么做吗？

有时候，活下去比自杀更需要勇气。诞生到这个荒谬世界上来的人，应该意识到自己的生命、自己的反抗、自己的自由。我反抗，故我在。

像永远无用而无望地推着巨石的西西弗一样？

推石上山这场搏斗本身，就足以充实一颗人心。应该设想西西弗是幸福的。

明知非力所能及却仍知其不可为而为之？

的确，这是一件完不成的任务，然而我们活在世上正是要不断地去做。我相信人在对其命运的觉悟中从未止步不前。我们不曾战胜我们的局限，但是我们对它有了更深的认识。

我们如何获得这样的勇气？

把人生当作麦芽糖一般舔舐，塑造它，打磨它，最后去爱上它。去爱和欣赏这个有着眼泪和阳光的脸庞的人生。也就是说，真正的救赎，并不是厮杀后的胜利，而是能在苦难之中找到生的力量和心的安宁。

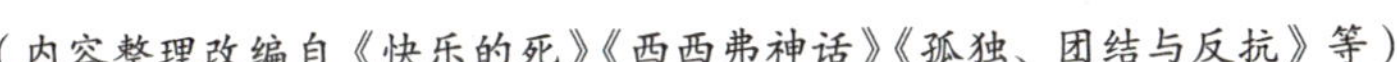

（内容整理改编自《快乐的死》《西西弗神话》《孤独、团结与反抗》等）

一个真正的人：义无反顾地爱与生活

深读加缪的文字，总能看到在他目光所及之处，对广泛的人的关切、对生活的热爱、对幸福的追求、对正义的坚持、对道德的努力，仿佛他就站在你我中间，体验着同样的快乐和痛苦、光明和黑暗，意识到世界的荒诞之后，依然热烈地、义无反顾地拥抱生活，去以反抗来赋予人生以意义。“他是众生中的一人，他试图在众生中尽力为人”，他为自己的生命写作，也为我们的生命写作。

1957 年的加缪

您认为怎样才是度过一生的理想方式？

荒谬当道，爱拯救之。我感兴趣的是为所爱而生，为所爱而死。

您所爱的是什么？

世界、痛苦、大地、母亲、人类、沙漠、荣誉、苦难、夏日、大海。

我们应当如何去爱？

爱是没有界限的，如果我能拥抱一切，那拥抱得笨拙又有什么关系。

那您担心过未来吗？担心过死亡吗？

对未来真正的慷慨，是把一切都奉献给现在。谁也不知道快乐的生活会不会更长久或是更短暂。只有当下是快乐的。只是一个瞬间，仅此而已。死也不能阻碍什么——它只是一场快乐的意外。

哈哈，感觉充满了信心和力量，也就是说，我们要珍惜当下的生活？

最要紧的不是生活得最好，而是生活得最多。

（内容整理改编自《快乐的死》《反与正》《西西弗神话》《加缪手记》）

加缪和他的朋友们："请走在我的身边"

贯穿加缪一生的，除了义无反顾勇往直前的反抗与孤独，还有他在"众人"之中收获的很多珍贵的友谊和情感。正如他的女儿所说："我的父亲和那些人在一起……他们每天都兢兢业业地做着他们该做的事。不知其名。"

您心中理想的友谊是什么样的？

不要走在我后面，因为我可能不会引路；
不要走在我前面，因为我可能不会跟随；
请走在我的身边，做我的朋友。

● **"你永远是我的'小加缪'"——加缪与童年导师热尔曼先生**

加缪自幼丧父家境贫寒，但小学老师路易斯·热尔曼却像父亲一样一直关注他，在老师的说服下，加缪的外祖母最终同意让加缪继续学习，没有让他像他的舅舅们那样去当学徒挣钱。经过热尔曼老师的帮助，加缪获得了奖学金，进了阿尔及尔中学，也因为这样，加缪的人生就此彻底改变。

1957 年，加缪刚刚获得诺贝尔文学奖，就写信给热尔曼先生："……当我得知这个消息时，除了我母亲外，我首先想到的便是您。没有您，没有您伸给当时的我——那个贫穷小男孩的温存的手，没有您的教诲，没有您的榜样，这一切都不会发生。这个荣誉的世界并非我个人所求。但这至少是一个机会，可向您表白，您曾经，并将永远占据我的心灵……”

热尔曼先生在回信中写道：“……如有可能，我愿意紧紧拥抱你这个大男孩，对我来说，你永远是我的‘小加缪’……加缪是谁？我感觉想要探究你个性的人们并不十分成功。你在表露你的特性、你的感情时总会现出本能的腼腆。你的特性就在于你的淳朴、你的率真。此外，再加上善良。这些印象是你在课堂上留给我的。”

●“我们彼此肯定，直到永远”——加缪与友人勒内·夏尔

第二次世界大战期间，勒内·夏尔在爱国抵抗运动中与加缪成为挚友，此后两人始终坚定地站在彼此身边。

加缪（左）与勒内·夏尔（右）

随着年岁渐长，我越来越发觉人只能和使我们自由的人共同生活，这些人所给予我们的感情很轻盈，使人易于承受，同时也足够强烈，使我们不至于感受不到……也正是因为如此，我才是您的朋友，我爱您的幸福、您的自由、您的冒险。总而言之，我希望作为您的伙伴，对于这一点，我们彼此肯定，直到永远。

——加缪于1957年9月17日写给勒内·夏尔的信

同我们所爱的人，我们终止了对话，但这并不是沉默。他又怎么啦？我们知道，我们自以为知道，但只有当意味深长的过去敞开为他让路之时。他就在那里正视我们，很远很远，在前面……

——勒内·夏尔的诗《在卢马林永生》，写于加缪去世后

● 从惺惺相惜到分道扬镳——加缪与友人、敌手萨特

1943年，加缪在《苍蝇》彩排时与萨特初次见面，双方立即引为知己好友，加缪曾在报刊上挥洒自如地评价过萨特的《恶心》和《墙》，而萨特也早就评价过加缪的《局外人》和《西西弗神话》，他们互相欣赏，都从对方身上看出了非凡的创造性和惊人的才华，被并称为“二十世纪法国最伟大的双子星座”。但最终，两人的友谊因为哲学思想的差异而结束。

加缪（右）与萨特（左）

使我们接近的事情多，使我们分离的事情少。但是，这少仍嫌太多。友谊也是，有趋向专制的倾向。要么完全一致，要么反目成仇，而无党派者如想象中的党派斗士那样行事。

——萨特给加缪的信

● “深厚的友情”——加缪与妻子弗朗西娜·福尔

1937 年夏末，加缪认识了文静优雅、内向传统的少女弗朗西娜·福尔，她能弹一手好钢琴，喜欢巴赫，有着猫一样优雅的面容和舞蹈家一般修长的双腿，令加缪十分着迷。1940 年，两人结婚，毕生互相照顾。加缪认为两人的关系是“深厚的友情”，但同时也认为自己的责任感就像他渴望逃离这种责任感的感觉一样强烈。

家庭和孩子并没有使加缪停下追求爱情和自由的脚步，与弗朗西娜·福尔的婚姻期间，加缪仍然与多名女性保持公开的情人关系，导致弗朗西娜得了严重的抑郁症，一度企图跳楼自杀。加缪反思了他们之间的关系，把它界定为“深厚的友情”，同时也认为自己的责任感就像他渴望逃离这种责任感的感觉一样强烈。

加缪、弗朗西娜和他们的一对双胞胎儿女

●“你会永远留在我的生命里”——加缪与情人玛丽亚·卡萨雷斯

“二战”期间加缪被困巴黎，在这里，他遇到了他一生最重要的情人——西班牙裔女演员玛丽亚·卡萨雷斯。1944 年，根据加缪创作的剧本《误解》所改编的戏剧在巴黎首演，玛丽亚·卡萨雷斯扮演女主角，加缪写到电影首映之夜的感受：“这是剧本作者可以获得的最快乐的时刻，可以听到他的语言获得了声音，被一位令人惊艳的女演员的灵魂演绎得淋漓尽致，这应该只会在梦中出现吧。”

玛丽亚·卡萨雷斯美丽浪漫、热情洋溢、充满活力。加缪和卡萨雷斯彼此相似，在灵魂方面十分契合，此后的十六年里，他们写了近九百封信，分享彼此的生活和内心，一直到 1960 年加缪在一场车祸中不幸丧生。

加缪与卡萨雷斯

就像是一个奇迹，你怎么会这么了解我的期望呢？因为连我自己也常常无法看清自己，无法认清这些心情。你给我的，是我不配拥有的，而我怀着尊重和感激之情接受了，这份美好的爱情，让我重生。

——加缪给卡萨雷斯的信

因为我们之间这些不同寻常的复杂情愫，我不再是 1950 年的我了，也不再是我自己塑造的我，而是我们共同塑造了我们自己。

——卡萨雷斯给加缪的信

阅读加缪：加缪的不安，让我们心安

每当感到迷茫焦虑或者生存的阴霾与沉重时，阅读加缪一定是个非常好的选择。如同他本人对生活始终如一的纯朴的爱与激情，他的作品也以深情的关切展现了对人类命运和幸福的思考：明知世界的荒诞，仍要去热烈地拥抱它，去义无反顾地生活，去尽其所能地为所当为，去创造我们自身的价值，因为，攀登峰顶、反抗命运的本身足以照亮心灵。这样的加缪，让我们心安。

威廉·福克纳

他有着一颗不停地探求和思索的灵魂，他的小说总是在严密和严格的叙述背后，有着广大的哲学追问和终极价值的寻求。

让-保罗·萨特

他那固执的、局限而纯粹的人道主义情怀，向我们这个时代里那些广泛而丑恶的秩序发起了充满疼痛的挑战。但也正是通过这些顽强的抗争，加缪在我们这个现实的金钱与马基雅维利主义盛行的世界中，重新确认了道义的存在价值。

苏珊·桑塔格

卡夫卡唤起的是怜悯和恐惧，乔伊斯唤起的是钦佩，普鲁斯特和纪德唤起的是敬意，但除了加缪以外，我想不起还有其他现代作家能唤起爱。

欢迎您从《快乐的死》走进读客三个圈经典文库

亲爱的读者，感谢您选择读客三个圈经典文库。

我们的封面统一使用“三个圈”的设计，读者可以凭借封面上形式各异的“三个圈”找到我们，走进经典的世界。

你想成为什么样的人？

对你来说什么是重要的？

这个世界应该是什么样子？

我们在生命中遇到的这些问题，或许可以在浩如烟海的文学经典中找到答案。

跟随读客三个圈经典文库，认识世界、塑造自我，成为更好的人！

读客三个圈经典文库

精神成长树

你想成为什么样的人？
对你来说什么是重要的？
这个世界应该是什么样子？

我们在生命中遇到的问题，每个时空的人都经历过，一些伟大的人留下一些伟大作品，流传下来，就成了经典。正是这些经典，共同塑造并丰富着人类的精神世界。

我们重新梳理了浩若烟海的文学经典，为您制作了精神成长树。跟随读客三个圈经典文库，汲取大师与巨匠淬炼的精神力量，完成你自己的精神成长！

局外人
人间失格
漫长的告别
荒原狼
尤利西斯
长眠不醒
假面的告白
背德者
复活
卡拉马佐夫兄弟
我是猫
羊脂
罗生门
心
罪与罚
毛姆短篇小说全集
金阁寺
地狱变
呐喊
莎士比亚戏剧集
小王子的情书集
浮生六记
起风了
舞
小王子三部曲
傲慢与偏见
再见，吾爱
爱的教育
夜莺与玫瑰
格林童话
昆虫记
银河铁道之夜
爱丽丝漫游奇境记
柳林风声
绿野仙踪
伊索寓言

树干：

不同的精神成长主题，您可以挑选任意感兴趣的主题进行深入阅读

例如：
寻找人生意义
探索自己的内心
拥有强大意志力
理解复杂的人性
…………

枝丫上的果实：

我们为您精选的经典文学作品

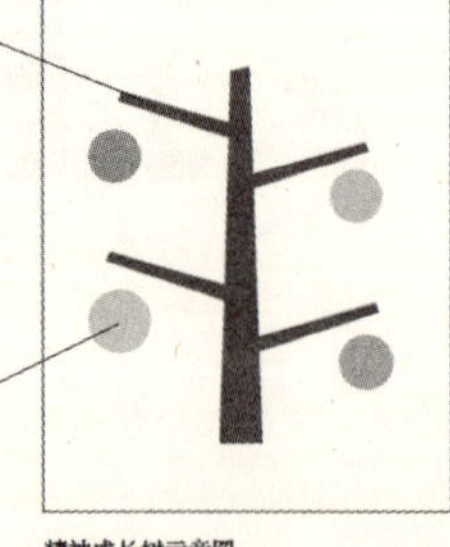

精神成长树示意图

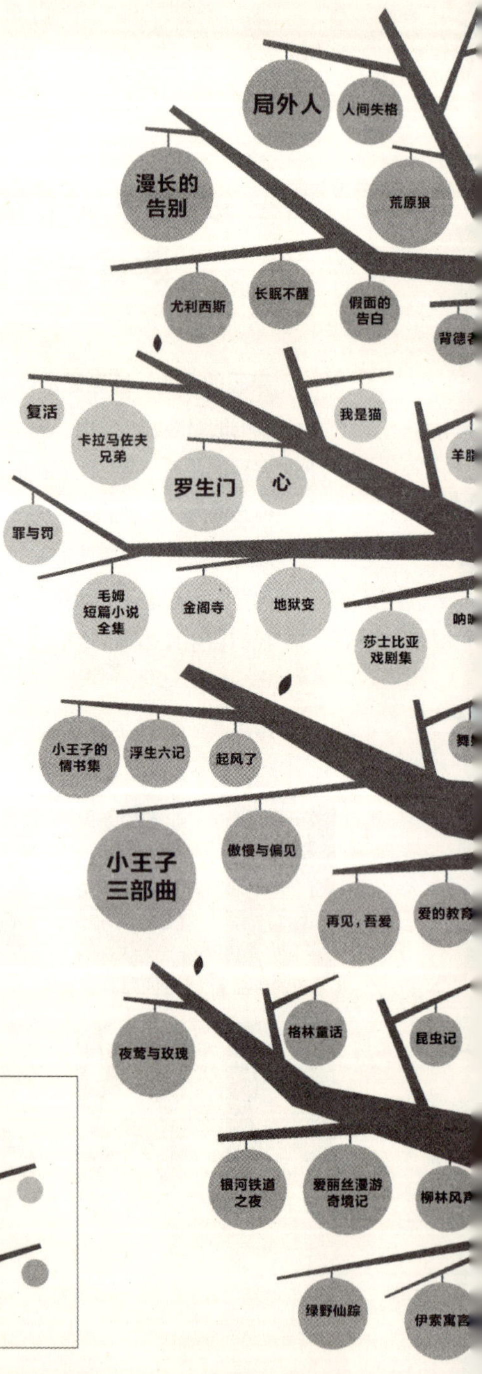

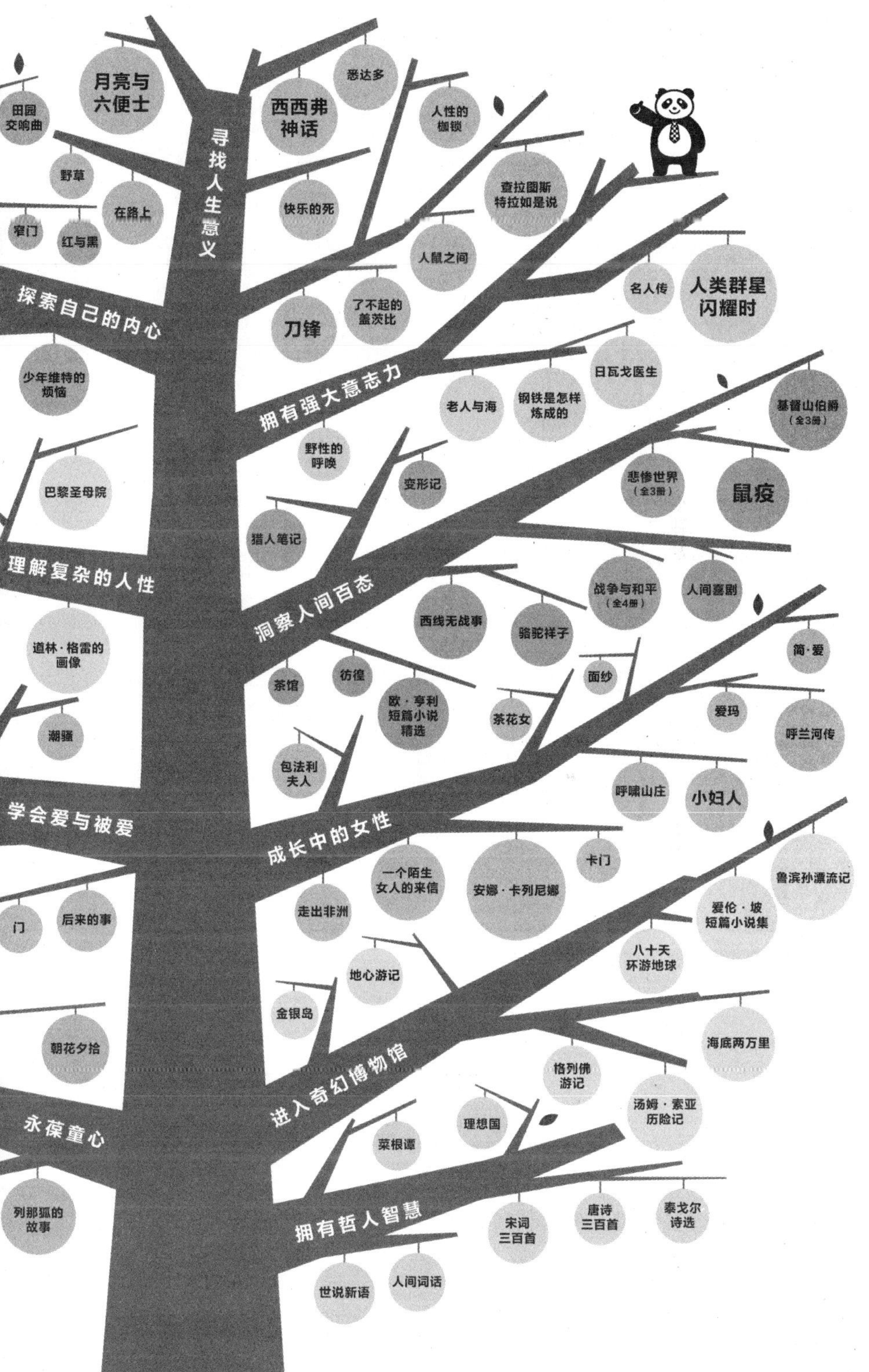

寻找人生意义
田园交响曲
月亮与六便士
野草
在路上
窄门
红与黑
西西弗神话
悉达多
人性的枷锁
快乐的死
查拉图斯特拉如是说
人鼠之间
刀锋
了不起的盖茨比
名人传
人类群星闪耀时
探索自己的内心
少年维特的烦恼
拥有强大意志力
老人与海
钢铁是怎样炼成的
日瓦戈医生
基督山伯爵（全3册）
野性的呼唤
变形记
悲惨世界（全3册）
鼠疫
巴黎圣母院
理解复杂的人性
猎人笔记
洞察人间百态
西线无战事
骆驼祥子
战争与和平（全4册）
人间喜剧
道林·格雷的画像
简·爱
茶馆
彷徨
欧·亨利短篇小说精选
面纱
茶花女
爱玛
呼兰河传
潮骚
包法利夫人
呼啸山庄
小妇人
学会爱与被爱
成长中的女性
一个陌生女人的来信
安娜·卡列尼娜
卡门
走出非洲
鲁滨孙漂流记
门
后来的事
爱伦·坡短篇小说集
八十天环游地球
地心游记
金银岛
朝花夕拾
海底两万里
进入奇幻博物馆
格列佛游记
汤姆·索亚历险记
理想国
菜根谭
永葆童心
列那狐的故事
拥有哲人智慧
宋词三百首
唐诗三百首
泰戈尔诗选
世说新语
人间词话

如果你喜欢《快乐的死》
你可能也会喜欢“寻找人生意义”书单

《西西弗神话》
文库编号：160

《月亮与六便士》
文库编号：065

《了不起的盖茨比》
文库编号：007

《刀锋》
文库编号：049

《在路上》
文库编号：110

《悉达多》
文库编号：038

《人性的枷锁》
文库编号：043

《人鼠之间》
文库编号：094

激发个人成长

多年以来，千千万万有经验的读者，都会定期查看熊猫君家的最新书目，挑选满足自己成长需求的新书。

读客图书以“激发个人成长”为使命，在以下三个方面为您精选优质图书：

1. 精神成长

熊猫君家精彩绝伦的小说文库和人文类图书，帮助你成为永远充满梦想、勇气和爱的人！

2. 知识结构成长

熊猫君家的历史类、社科类图书，帮助你了解从宇宙诞生、文明演变直至今日世界之形成的方方面面。

3. 工作技能成长

熊猫君家的经管类、家教类图书，指引你更好地工作、更有效率地生活，减少人生中的烦恼。

每一本读客图书都轻松好读，精彩绝伦，充满无穷阅读乐趣！

认准读客熊猫

读客所有图书，在书脊、腰封、封底和前后勒口都有“读客熊猫”标志。

两步帮你快速找到读客图书

1. 找读客熊猫

2. 找黑白格子